尤墨书坊

李兆虬／主编

山东城市出版传媒集团·济南出版社

鱼翔浅底

李　勇／著

图书在版编目（ＣＩＰ）数据

倒骑驴 / 李勇著. -- 济南：济南出版社，2018.1
（尤墨书坊）（2019.5 重印）
ISBN 978-7-5488-3033-7

Ⅰ.①倒… Ⅱ.①李… Ⅲ.①随笔－作品集－中国－
当代 Ⅳ.①I267.1

中国版本图书馆 CIP 数据核字（2018）第 021058 号

倒骑驴　李　勇 / 著

出 版 人　崔　刚
总体策划·责任编辑·装帧设计　戴梅海

出版发行　济南出版社
地　　址　济南市二环南路 1 号 [250002]
网　　址　www.jnpub.com
电　　话　0531 - 86131726
传　　真　0531 - 86131709
经　　销　各地新华书店

印　　刷　济南龙玺印刷有限公司
成品尺寸　150×230 毫米　16 开
印　　张　7
字　　数　76 千
版　　次　2019 年 5 月第 1 版第 2 次印刷
印　　数　5001 - 10000 册
定　　价　49.00 元

发行电话　0531 - 86131730 / 86131731 / 86116641
传　　真　0531 - 86922073

李 勇 1963年生于山东济南，1985年毕业于山东艺术学院，获学士学位。1987年进修于中央美术学院。现为中国美术家协会会员，山东省中国画学会副会长，山东省美术家协会人物画艺委会副主任，山东工艺美术学院造型艺术学院院长、教授、硕士研究生导师，山东画院艺术委员会委员、院聘画家。

作品参展：庆祝建军六十周年全国美展，获二等奖；第七届全国美展；首届中国画大展；第八届全国美展，获优秀作品奖；首届中国画人物画展，获铜奖；首届国画家学术邀请展，获国画家奖；第九届全国美展；全国画院双年展·首届中国画展；今日中国美术大展；第十届全国美展；第十一届全国美展。代表作品：《静静的微山湖》《小张庄》《青花碗》《甜蜜的城》组画、《祥云》《圣士》《日全食·俑》组画、《阳光百姓》《古典影子》组画、《风景远逝》《东风破》《辛丑·惊蛰———胶济铁路创建》《甲午·惊梦》。出版画集：《当代中国画精品集——李勇》《出走与归来——李勇画集》《中国画技法精粹——青山无尘》《当代中国画名家档案——古典影子》《中国画名家研究——李勇线描卷》《清虚·清音——李勇彩墨作品集》。

自　序

　　写关于画画儿的感觉，对画家而言着实是件很尴尬、很难为情的事，就像明明知道自己在驴子前面挂了一串永远吃不到的胡萝卜，尚且做出一副心无旁骛、事不关己、优哉游哉的姿态，也就只好倒骑着驴了。回望着自己走过的（实际上是驴子走过的）一条小路曲曲弯弯，心头别有一番滋味。至于吃到吃不到胡萝卜，那是驴子努力的事。只要"驴不停蹄"地向前走着，你骑在上面"看唱本"也好，"乱弹琴"也罢，过后总会有些心迹、梦境散落在路边的草丛花间。今儿随手拈来三篇，一篇赠师长，一篇馈友人，一篇还将自我。白话连篇，开口便错，"非骡子非马"，大抵也就凑个跑"驴"溜溜的热闹。

丁酉孟夏于慈云山房

目　录

出油的蛤蟆

　　将图式经验演化为人文记忆，如同将画家从自娱自乐、赖以生存的井水里打捞出来，剥衣晾晒，略施粉黛，然后再煞有介事地放入河水中。我琢磨着这也许就是画家初试"博客"的心灵体验。以往那些在五颜六色掩蔽下无法述说、难以述说、不可述说的心灵事件，白纸黑字，艺术文本式地齐刷刷排列开来，无遮无掩，一丝不挂地招显于市。这倒使我想起了黑泽明在自传中讲述的一个日本民间传说，耐人回味：在深山里有一种奇丑无比的蛤蟆，如果你能抓住它并将其放置在镜子前，蛤蟆看到自己丑陋的外表，顿时会吓出一身油，这种油可以治疗烫伤。素日里，你我有意无意间也照照镜子，大多是趾高气扬，眉飞色舞，踮着脚尖，提着气打量自己，一副雄赳赳（雌也赳赳）、气贯长虹的样子，飘然，昏然，不可终日，没承想有一天，醉生与梦死间侧目见到蓬头垢面、两眼发绿的自己，或许你我也会惊出一身冷汗，往日的辉煌感、成就心荡然无存。遗留下的只不过是诚惶诚恐。仔细端详会发现，此时此刻的"镜中人"大抵正是最本质、最传神、最鲜活的你我。大丈夫立竿就要见影，影子歪，影子斜，终归以"人正为本"。祛湿排毒也好，通神营气也罢。这身冷汗远比蛤蟆的油来得金贵，起码多了种净化心肺的疗效。推荐给大家，黑泽明自传名为《蛤蟆的油》。

马走象路

马跳"日"，象走"田"，墨守的成规，天经地义。但凡置身楚河汉界，摆兵布阵，横戈立马撕扯一番的主，此规即法，理当死守。脱此套路，那番钩心斗角、左右逢源的把戏也就无方寸可乘。游戏嘛，就要守规矩。

于象棋，本不该有什么意见，打小儿观棋不语。依我的推断，世间规则都是祖先圈画的，事在人为，大抵也就有了两方面"正果"。"因循"者亦趋"守旧"；"不破"者自恃"不立"，更何况仅为纸面上谈兵的"文本"，千百年来的气数。倘若一日，马失前蹄走出了象路，一步并作两步走，于那般"绊马脚""憋象眼"的把戏也就没有了什么瓜葛，只遗余下于"老将"的神会和交过，平立而行。当然，按部就班，中规中矩，自然"有板有眼"；自悬难度，计较品行，不啻也是"神差鬼使"。孰曲孰直，姑且不论。时逢吉日，不妨卸甲弃胄，轻车快马，无法无天地杀上几个回合，"不以成败论英雄"岂不是轻松自在。

近来，带2003级国画人物班毕业创作，学子们明目张胆，心手相应，画作虽未脱尽国画既有的"修辞"，却隐约游离了"笔墨八股"。近看远观，悦目悦心，颇有姿色。欢喜之余，解一道理——后来者亦可马走象路——大步居上。

归　零

　　现如今，新潮的词儿一波接着一波，前几天还张口闭口"颠覆"，一转脸儿的工夫又哭着喊着"归零"了，——时尚嘛。

　　"归零"又作"清零"，早先多闻声于加油站，每次，小姐总是笑容可掬、例行公事般地"先生，归零了"，几番思量总算弄明白了是指油表，规范操作，诚信服务，于是乎，心中荡漾着一丝美好和温情。

　　接下来的事，就令人难以琢磨了：让劳动者工龄"归零"违法；巴厘岛路线图"归零"重启；高官离职，权难"归零"；文脉何在——众学者力驳中国画笔墨"归零"说……忽如一夜春风来，千树万树"归零"开，五花八门，争奇斗艳，这才觉悟到——社会已俱进到"归零"的节气了。

　　再接下来的事，大抵也就在情理之中了：开课第一天，眼瞅着一个个被"应试教育"折腾得热血沸腾、热情也沸腾的莘莘学子，不由得脱口而出"你们要'归零'画起"。一时间，新生个个目瞪口呆，左顾右盼，迷惘得很。话既出口，君子一言，自设圈套，就得自圆其说，什么"素描是一门独立的艺术门类""素描应承载向各学课延伸的可能性""现代语境下素描图式的构建与演义"……说来话长，有意无意间自己对自己"叫卖"的有效性也深信不疑了。定下神来，反刍自己以往可口的"快餐""大餐"，那些靠"图式经验""人文记忆"圈化的"文化菜单"，有朝一日，自然"归零"，"自尊照顾着自尊""怜悯守望着怜悯""混口饭吃""吃口饭混"也就是字面上的较真儿，如衰颜的名媛，早上妆，晚卸妆，只余有顾影自怜的心气儿了。——想到这，通体升腾起一股"而今迈步从头越"的豪情——锃光瓦亮。

2007 - 12 - 30 / 于长清崮云湖

《庄稼》之一
45×45cm · 纸本彩墨 · 2001

《庄稼》之二
45×45cm · 纸本彩墨 · 2001

永远的线描

　　推算起来，我对绘画的认知大抵应缘于童年记忆中那一条条自然清纯、流动多情的线。20世纪60年代，外面闹哄哄的，人们怀着永远的亢奋和热情阐述着永远的真诚。父母下放劳动，我和姐姐便回到潍坊老家，——那年我六岁。淮北平原的乡村生活似乎没有给童年的我带来异样的新鲜和清心利肺的空气，人们依然"忙时吃干，闲时喝稀"地过着日子，希望的田野上到处也是尘土飞扬。不管怎么说，那段日子过得还算轻松自在，阳光灿烂，放纵的心情间胡涂乱抹充斥了整个身心的文化奢侈和精神欲望。隔三岔五见到父亲夹在给老人报平安信中的几幅线描小图，童心荡漾，热血沸腾，那是哄着我玩的。画中多是些民间故事，神话传说，更多的是样板戏中的英雄人物。线条简洁明快，有意无意间传递着一份平淡和亲近及避舍不开的精神挤压和墨守的人生品格。线条自然、质朴、柔韧且富有弹性，这些也是我日后的解读。那年，父亲在省监狱劳改电机厂机电车间绕电缆。

　　后来，经父亲战友的战友引见，我羞羞怯怯地带着对艺术的"酷爱"，请人"指指画"。画没打开，画家便随手从身后的书架上抽出一本精装的小人书，让我回去多临临，好像有所准备。临了，他面带三分笑地送我们到门口时，又补充了一句"会有好处的"。语气轻得像是自言自语，但吐字很是清晰。正是坚信了恍惚中听到的最后这句话，动了真心，回家的路上我便买了五本"大演草"，一口气从头到尾，原汤原汁地临了一遍。那段日子里总觉得书中每一个细节和瞬间都焕发着青春骚动和表述的欲望，书中的人物也几乎成了我每天必见的亲人，朝思暮想、牵肠挂肚，生怕一觉醒来与心目中的英雄生分起来。也正是在这自然而然的劳作和兴奋中，我长大了。以至于日后每每见到"大演草"，不免总是泛起一种莫名其妙的亲切和眩晕感。记起来了——那本书是《闪闪的红星》。

再后来，那些魂牵梦萦的线，亦步亦趋地被经典主义所怀疑了，潜移默化地掩蔽在传统文化的博大精深之中。《送子天王图》《八十七神仙卷》，情驰神纵、超逸优游。画中人物，一个个出神入化，顾盼生姿，虚出虚入，若飞若动，绰绰然，飘飘然，似闻衣褶窸窣作响。难得线描清如水，便一头扎了进去，上课便画，提笔就描，目不斜视，手不停顿，只是筋骨酸痛之后，脑子里似乎还余有一种被蒸发的空虚。往日那份慎言屏息、诚惶诚恐的朝圣感，渐渐混迹于"轻描淡写""力透纸背"的日子里，动摇了，消解了，只留下原汤原食，照猫画虎的记忆。这份心情漫延了很长一段时光。记不清是哪年哪月的哪一天，也记不清是因"爱上层楼"还是"天凉好个秋"，惚兮恍兮，似隐似约地又似品嚼出那些意境高远、线条神妙的线，无形中透出纯粹东方式的闲逸自足，依然是现代人们的心中理想的诗意和心灵栖息之地。猛不丁地，眼前又升腾出整个民族都为之骄傲的文化时空。往细里琢磨，素日里那些被虚张精神袒护的"主义""观念"，远不及"锥画沙，拆钗股，屋漏痕"来得委婉传神，自然贴切。陆探微"笔迹缺落，如锥力焉"；张僧繇"离披点画，时见缺落"；吴道子"挥霍如莼菜条"。"高古游丝""行云流水"漫不经心地折射出无微不至的"古典情结"和"现世关怀"。对症那些素日里凭吆喝，靠帮衬，吃"五石散"的主而言，不啻为一剂猛药。也正是得益于老辈上这份对知识的庇护，我等才有着坚守知识和传承技艺的安全感。说到底，时至今日，先人们还给我辈把着脉呢。

大概实属天性敏感，思绪总是藤蔓般无中生有地纠缠在一起。往玄里说，那是奢望享乐般地体味一把"天地任逍遥"的梦境；现实一点，忙里偷闲，窥视一下五花八门的现代和矜自羞的现代人。结果很多的日子里反而失去了自己，因而变得平凡，以至于平庸，这也许是污浊空气下，社会转型间隙的世象通病。真情妥协于矫情，直觉融入于伪饰，你会自觉不自觉地感叹艺术图像匮乏，怀疑欣赏才智的衰竭，唯恐创造常态的脆弱……你不得不花费超凡的力气去维护，去坚守，示以与众不同。是啊，有些事情琢磨久了，不经意间会被一种心态唆使着，这就是无奈，一种无法言状的无奈。既然如此，又何不大大方方地补肾，光天化日下养颜。"曹衣出水""吴带当风"，翻手云，覆手雨，古往今来，演绎出千般气象、万种风情。沉潜下去，心平气和地直面那一条条"又热烈又恬静，又深刻又朴素，又温柔又高傲，又微妙又率直"的线。写到这里，自然想起这段评述经典文人傅雷品格的句子，我想，这也是线描的品格，它会给你带来十足的灵性和自信，"会有好处的"——到那会儿你定会自言自语。

《中国画名家研究——李勇线描·自序》

2006 - 4 - 24 写，5 - 4 改定于抱朴山房

《圪凹店的老人》之一
20×30cm·纸本铅笔·2008

《圪凹店的老人》之二
20×30cm·纸本铅笔·2008

《圪凹店的老人》之三
20×30cm・纸本铅笔・2008

《圪凹店的老人》之四
20×30cm・纸本铅笔・2008

倒骑驴

写关于画画儿的感觉，对画家而言着实是件很尴尬、很难为情的事，就像明明知道自己在驴子前面挂了一串永远吃不到的胡萝卜，尚且做出一副心无旁骛、事不关己、优哉游哉的姿态，也就只好倒骑着驴了。回望着自己走过的（实际上是驴子走过的）一条小路曲曲弯弯，心头别有一番滋味。至于吃到吃不到胡萝卜，那是驴子努力的事。只要"驴不停蹄"地向前走着，你骑在上面"看唱本"也好，"乱弹琴"也罢，过后总会有些心迹、梦境散落在路边的草丛花间。今儿随手拈来三篇，一篇赠师长，一篇馈友人，一篇还将自我。白话连篇，开口便错，"非骡子非马"，大抵也就凑个跑"驴"溜溜的热闹。

一

这几年七赶八赶画了些画，东拼西凑也发表了许多。不知怎么，每每看到自己的作品又登了出来，心里还是有一种大姑娘上轿头一遭的羞怯和喜悦。把画儿横过来看，竖过来瞧，接下来将其置于美丽的臆想之中，独享这份快乐明朗的心情——能持续很久。

素日里忙忙碌碌，难得有份清静心坐下来读点什么，梳理一下心中的好恶，于是乎便以"从无字句处读书"自勖。日子久了，心里空荡荡的，思维平庸，情感枯竭，就连笔下的人物也个个呆头呆脑，一脸的傻相。人一旦少了精神支撑，无能懒散，在当今物质困境中焦虑烦劳，失望愤懑，久而久之，容易陷入情感、爱欲、精神的迷茫。只是睡前读读闲书、翻翻小报，倒是成了每天补充自我的日课，书报杂志，随心读来，正版副刊，无一遗漏，似乎奢想把自己圈定在一个较为恬静的空间里。直看得两眼发酸，哈欠不断，睡下后连梦中都会舒缓地透着一种充实的快感。《蟋蟀谱集成》《无梦庵流水账》拾得后，生活中又多了份乐子。

前几天完成一幅大画，眼瞅着陡然变得陌生鲜活的图式与弥散其间的人文气息，颇为自矜，心中着实膨胀了一把。走在大街上飘飘然，轻盈若飞，满脑子生命的庄严、人性的朴厚、人情的纯美，仿佛头顶添了道光环，一副活着就要保持进行时的状态。突闻有人呼我小名，回头望去却是儿时伙伴，一阵欣喜若狂。大哥二哥麻子哥，礼节不拘，携手并肩走进路边小馆。大碗喝酒，大口吃肉，大声论天下。温暾混沌，溶溶泛泛，恍然惚然，一时间肺肠浮尘为之一涤。往日的崇高感、辉煌感也随它雨打风吹去了，剩下的只有骨子里未被点化的片片吃语。舜耕，历下，勇生于斯，长于斯，用朋友的话来说："勇子哥儿，谁不知道谁小名啊。"

近日，我琢磨着画家写写艺术创作、谈谈人生体味是件雅事，可以把作画时异陌的、虚幻的感受，跳跃的、飘逸的思绪，整整齐齐、白纸黑字、"艺术文本"化地呈现出来。"井水""河水"混为一谈，搅和得好了还挺出彩，常常惹得"文化人"起歹心。是啊，人们做一切事情，总能无中生有地找出一些做下去的理由，生活如此，画画写作也如此。然则当今艺苑多嚣杂浮艳，虚夸虚浮，雄赳赳（雌也赳赳），招摇过市，粉墨登场。似乎非要考究明白"花儿为什么这样红""洪湖水"凭什么要"浪打浪"，方才"中得心源"。殊不知，优伶也好，龙套也罢，说到底也只是行头不同，扮相有别而已。击瓮叩缶，韶虞武象，同奏一章，你方唱罢我登场。且费了一番思量做过算计，如此这般倒是为我等艺术信徒提供了一个研习笔墨的同时又能堂而皇之展示自我的天地。而在心理与现实对应产生错位之后，失落、不适、无奈时时又泄露出来，一拨儿参透了万丈红尘的主大抵又觉得"淡泊名利"比"不求上进"更暗合膨胀身心疲惫后的舒适状态。写到这里倒使我想起钱锺书老先生几十年前的一段话："假如你吃了个鸡蛋觉得不错，何必认识那个下蛋的母鸡呢？"时代不同了，说法不一样，"人正不怕影子斜"，现如今已演化为"影子正不怕人斜"。鸡蛋尚可烹炸煎煮，有滋有味；母鸡更需涂脂抹粉，荣登金銮。"随类赋彩"之余，认认真真地写段文字，认认真真地选张照片，有朝一日，亲朋好友在报刊上认将出来，勇又得飘飘然一把。

二

老辈儿上饮酒作乐的事知道的不多，只是记得有什么"把酒问青天""醉里挑灯看剑"之类的说法。"醉里且贪欢笑，要愁那得工夫"。再醉下去，我揣摸着连他们自己都弄不清笑打哪儿笑，愁打哪儿愁了。又往细推，喝法就不同了。嵇中散临刑东市，神气不变，索琴而奏《广陵散》，大抵是酒壮行色，落个"浑身是胆"的美名；史湘云醉卧花荫，魂牵梦萦，也不过是以酒遮颜，娇滴滴，留个"人见人爱"的佳话。王勃讥"阮籍猖狂、岂效穷途之哭"，没酒不行；韩愈送孟东野"抑将穷饿其身，愁其心肠，而使自鸣其不幸邪"，没酒也不行。八大老人"既嗜酒，无他好，人爱其笔墨，多置酒招之"，看来大师被涮也是因酒惹的祸。

"酒以敝帚，涂以败冠，盈纸肮脏，不可以目"。醉也好，癫也罢，倒是为中华大家庭留下了许多传世墨宝。狂饮自有狂饮的乐子，不贪杯自然也有不贪杯的好处，陶县令口口声声"岂能为五斗米折腰向乡里小儿"，若是多喝了几杯，舌根儿发硬，"五斗米"说成"五杯酒"，岂不毁了老人家一世英名。先人们"跻彼公堂，称彼兕觥，万寿无疆"，也不过是图个热闹，喝多了，一准误事。

前些年"革命不是请客吃饭"，朋友们拿喝酒还真没当回事，更多的是把吃吃喝喝花天酒地同黄世仁、胡汉三、鬼子、汉奸连在一起，似乎革命群众只有吃糠咽菜喝白开水的份儿。哪有那"清茶一杯""美酒加咖啡"的奢想。时下你追我赶都往着小康上奔，既已至此，也就自觉不自觉地添上些毛病。隔三岔五把盏小酌，弈棋、抚琴、赏古谈天；论四僧、议八怪，先辩其雅俗，再论其工拙；品青藤，数半千，一来劲儿连宾虹、白石也剥他个体无完肤。这般兴致着实比整日里泡在纸砚堆里点、皴、擦、染来得轻松自在，自适其适，难得在如此喧嚣的社会里偷得几分清闲。一来无须顾及"小小寰球有几个苍蝇碰壁"，再则酒过三巡，咱也"离天三尺三"了，何乐而不为。吴锦好渝，舜英徒艳，凡事总得有个限度，日子久了，反倒有些不务正业之嫌。原来少有的平常之心、平和之态也被酒后"高歌鼓腹，长笑掀髯"折腾得少了几分雅致怡情，更兼妄谈"悠闲于学问"。偶或也思考一下凭什么"今月也曾照古人"，举杯邀月，神交古人，他喝几杯，咱喝几杯。不知是因如今饭菜太腻，还是假酒太多，到头来不觉酩酊，狂叫大呼的还是自己这帮哥们儿，没劲儿。八大就是八大，哭之也好、笑之也罢，"捉笔渲染，或成山林，或成丘壑，花鸟竹石，无不入妙……洋洋洒洒，数十幅立就"。呜呼!其醉可及，其癫不可及也。

那日里雅兴忽来，恍兮惚兮间随手捧起沈复的《浮生六记》，全神贯注，"十目一行"，一股生动清新气息弥漫左右，静气浸人。只读得脖颈发硬，两眼发直，几个时辰过去仍注目在《第一回·闺房记乐》。一番苦思冥想，到底整明白了"九人中王二姑愈六姑与云最和好"。酒后不识字，何必乱翻书，装模作样，徒劳神志。真不如置耙置犁、载言载笑，借陶老先生一双慧眼，在桃花源里置办两垧薄田。"不知有汉，无论魏晋"，"管他冬夏与春秋"，日后朋友们也好有个把酒言欢的好去处。

三

唐人柳宗元《柳河东集》中有篇《蝜蝂传》，"蝜蝂者，善负小虫也。行遇物，辄持取，卬其负之……不知为己累也，唯恐其不积。"时人趋时，饮其玄奥，效其风范，且亦步亦趋，"智则小虫也，亦足哀夫"。无意间，闪烁出一份窥视、惊悸、依附、膜拜的习性，顺自己的水推自己的舟，将这份思量归隐于那份思量，有的袒护，有的苟求……小小的嗫嚅。今日，迁借张炜先生的《出走与归来》加以关照，明修格度，暗藏欣悦，作为一种对文化身份焦虑的解脱，反观和表达自我的情感印迹和隐喻，我意识到，这个反观也包含着自我眷恋和心灵慰藉。庖丁解庖丁，这种无济于事的触碰纠缠更让心境增加了对于"经典"的恐慌与渴求。"出走"只当是期偿，苟能"归来"，也就距宿命一天天变得远之又远，自适其适，重负如卸了。

　　国画已经画尽了传统：传统的师承，传统的技法，传统的意境，传统的完美。这一切逼得后来者无路可走，他们必须想尽办法突围。这情形有点像西方绘画——整整一部现代西方绘画艺术的历史，就是一部油画艺术的突围史。细读下来我们还可以发现，在东西方的这两场突围中，恰是两种不同的审美理想相互补充和交融的过程。两种文化，两片大陆，都从彼此身上找到了自己的兴奋点。他们开始互相靠拢，取对方之"长"补自己之"短"。他们都在传统的世界里完成了一次反叛和出走。

　　李勇作为一个六十年代出生的画家，已经是"突围"之后了。他这一代在传统内外的徘徊、在回归与出走中的矛盾状态，都表现得空前严重和强烈。无论是变革还是守旧，两个方面的遗产都足够丰厚满盈。其次，一个民族到了全球一体化的前期，到了数字时代，新思维新艺术的大交汇，使这一代面临了极大的不同于前人的选择机会。今天的中国艺术家有可能比前一代人更多地张大视野，同时也更多地经受喧嚣和聒噪。

　　李勇比起一般的中国传统画家，似乎不再那么倚重笔墨。这种原则性的背弃在整个的现代绘画中已变得不再新奇。他把国画携到一个临界点上，画出了西画印象派后期的意味。水墨、蛋彩画、油画、工笔画是这一切的糅合。但是他绘画的取材内容却更多地靠近国粹，如陶俑、宫女、宗教、古屋。似乎可以说他的笔触逾越了国画的疆界，也可以说拓宽了它的领域。这是内容与形式的一次冲突，一次交织，并在这个过程中显现出新的、很强盛的张力。当然，这其中也充满了撕裂的痛苦，一种破碎组合中的无奈和窘迫。为了避免苍白，追求情感的饱满和酣畅淋漓的表达，他在构图经营中已是煞费苦心。这种种努力都得到了丰厚的回报。

《祥云》《甜蜜的城》系列，都是深得韵致之作。这些作品用心工细，精神沉入，唯美而不虚脱。另一些如《全日食》系列、《大慈悲》系列中的《阳中》《朱夏》《素秋》等，则表现了一种沧桑浑厚的意绪。这里的精神气质不仅是东方的而且是中国的，是对于中国文化、对于这种文化命运的一次次叩问。这些作品色调的斑斓与内在的沉郁，似乎构成了一对矛盾、一种冲突。它们由此而更加洋溢着生命的强力，传递出土地的大音，又似有隐约可辨的宿命的惶恐和悲悯。

他的部分作品似乎过分倚重了形式感。如《大慈悲》：子、丑、寅、卯……但从中不难看出，作者同时也非常警醒，他正提防心力的耗散、精神的飘忽、避免这些在不知不觉中折伤自己的艺术。一件作品的致密或中空，首先是君临艺术的绘画者在那一刻生命质地所决定的。因此，李勇的主要作品或大部分作品，都保留了一个探索者的清晰和力度，保留了可贵的勇气，其心理境遇是深沉开阔的。

完全是个人爱好的原因，我非常希望能看到当代国画作者圆通精到的笔墨，看到深透腠理的斯文气和高古的情怀。我还希望看到对国画艺术传统的顽强维护。我面对李勇画作的喜悦在于：他不仅在出走，而且还在归来。新世纪的中国绘画艺术，有可能是属于归来者的。

2001 - 9 / 于抱朴山房

《任逍遥》之一 / 98×98cm · 纸本彩墨 · 2001

《任逍遥》之二 / 98×98cm · 纸本彩墨 · 2001

乡土的渣

曾几何时，那些杂七杂八、土生土长的玩意儿一觉醒悟，与时俱进，卷"土"重来，大有涵盖"新现实主义""新表现主义"等诸如此类的"新锐艺术"，并扎好与其"三分天下"的架子。圈内人秋毫明察，点穴把脉为"后现代主义"，"土"法上"洋"马——"杂种"理念。过路人侧目而视，旁敲侧击为"农村包围城市"。"主义""文本"两不误，一语道破。

左右今日，乡土气盛，八面来风，早些年不屑用来"填火烧炕""打糨糊鞋"的"过门签儿"又被人郑重其事、毕恭毕敬地裱将起来，沐浴更衣，诚惶诚恐地供养于"艺术庙堂"之上，早察言，晚观色，与那班"骚客""贵戚"平起平坐，齐头行走，——好人好事。

日子久了，祖先掉的这点"渣"自然也就风光、金贵了许多，面面俱有，两两计较，怎一个"土"字了得。话又说回来，这等自然天成、全无矫饰、土生土长、土掩土埋的"艺术"，看着就舒服，更奈何气味相投，中得心源。

2007 - 7 - 8

红　网

　　那会儿，我刚被分配（20世纪80年代就业的方式）到山东省美术馆，一年的实习期，在展览部"打工"，一肚子的"学问"，"美术创作员"的角色，青春的骚动，精神的焦虑，理想的表达，大抵掩蔽耗费于日常的展板、广告、请柬……无缝隙的忙碌之中，搁到现在来形容那叫一个"郁闷"。日子久了，也倒是优哉游哉，一副"为赋新词""冷眼向洋"的嘴脸和做派，一语成谶。

　　还是那会儿，社会上似乎流行一种"鸟笼子说"：林子大了什么鸟都有。不论是码翅儿的串嗓儿的单腿点地的，只要是圈养在"红木雕花镶金笼"里，个个身比黄鹂，鸣如百灵，自诩落霞孤鹜、自怜秋水长天……东溜溜西溜溜，飘飘然不可终日。好在鸟笼子里也有春天，1986年，馆里组织"青年画家六人展"，我画了《远去的帆》。后来，记不得哪年又在上面胡乱涂了些朱砂，随即又改名为《红网》。涂涂抹抹，遮遮补补，现如今，放在阴暗潮湿处似乎隐隐约约若隐若现地还能折射掩映出当年真切鲜活的光泽，莹莹生辉。我想，这大抵就是人们挂在口头的：冤有头的头，债有主的主。一幅画熬到这把"年纪"，"艺术在哪儿了"和"岁月去哪儿了"还真是较上劲儿了。

2014 - 3 - 28

文化知时节

今年春上，春雨似乎不知时节，文化建设当春乃是发生了。祖国各地美术馆、博物馆等公益性展览场馆，免费对公众开放了。——喜春来。

小而言之，人们酒足饭饱，"拈花惹草"之余，总算有了一处不用花自己的钱，净化自己心灵、陶冶自己情操的去处了。往日那些身份金贵、恍若隔世的"艺术品"也扯下了神秘的盖头，"沦"为乡亲父老品头论足、自娱自乐的话题，一时间，似乎"精神文明"又向更高处跨上了一步。——普天乐。

大而言之，将"艺术"从日益狭隘的"文化行为"，故弄玄虚的"人文理念"中解释出来，同大众的日常消费、生活奢望一样，成为"便后冲水""到此一游"的平民化互动行为。不仅如此，中国人与生俱来的东方式的闲逸自足的"诗意景观"渐渐会显露出"宁可食无肉，不可居无竹"的心境。到那会儿，你"吃饱了撑的"时候，定会发自五脏六腑地喊出"真正的艺术就是生活，真正生活就是艺术"。——满江红。

2008 - 3 - 24 / 嵞山阴

有可奉告

　　所谓写生，于画家而言，本不该说三道四，这压根儿就是"曲不离口，拳不离手""饭前便后要洗手"的日常状况，稀松平常，理所当然。硬生生地将写生与那般"哲思""理念"撕扯在一起，计较多了，反倒显出一种"人文"的矫情与尴尬，闻铃断事，以水洗肠，诡异而虚张，令人惶恐。造化天成，心源自得，只要你有意回归到对写生本身的热情中，敏感而直接地反映出你的内心需求，不要心虚，不需刻意，一上手就会觉得是那么的妥帖自然。到这时，写生对你而言就是可以形影相随自得其乐的玩伴，有它自以为是的品质，自以为是的腔调，自以为是的惊喜……胸无成竹，扬短避长，有种"指哪儿打哪儿""手起刀落"的快感，率尔寄情，自然高洁，洒然物外，自得天机。倘若，有朝一日，目光炯炯、气沉丹田地将"写生"演绎为"生写"，以我的猜测——十有八九，你是中了"艺术高于生活"的圈套了。

2006 - 7 / 写在《山东写生创作培训班作品集》中的一段话

以写生的名义，遛遛腿，撒撒欢，登高望远，埋头苦吃，"其暖也融融，其乐也融融"（岳海波语），广阔天地大有作为。总有那么一天，触景生了情，明白"卖什么吆喝什么"了，你也会憋着劲儿耐着性子"描绘"一番……缓缓气儿，顺顺手罢了

　　写生是一种很独特的、不可替代的"手艺"或"营生"，朗朗乾坤，光天化日，内心暗合着一份期待，自有一份掂量，自觉不自觉地你会有一种灵魂下跪的感觉——出神入"画"

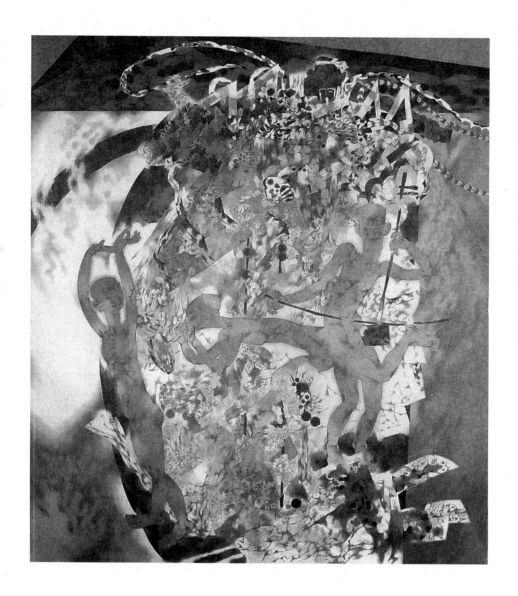

《东风破》/ 200×240cm · 纸本彩墨 · 2009

学院派是一种绘画状态

济＝济南时报／李＝李勇

　　李勇教授1985年毕业于山东艺术学院，1987年进修于中央美术学院。在山东画院工作20年后，再次回到学院——到山东工艺美术学院当起了老师。或许正是有着长期从事专职创作实践及教学工作的经历，使得他对学院派美术的看法更加客观和全面。接受记者采访时李勇提出，并不是在学院里受过严格训练就是学院派，学院派更多的是一种绘画状态与文化身份。

　　济：关于学院派，您是怎么理解的？

　　李：学院派的特点是严格、规范，传承有序、师出有名、按部就班、井井有条，包括技法的精湛，也包括理论的高深。按照我的理解，并不是每个"酷爱艺术"者，上了几年学、在学院里熏陶、苦行，谙熟"黑、白、灰"，默写"十八描"就是学院派了。有些人在学院里受过严格规范的教育，一路走来，顺风顺水，得到较高的学历、职称乃至社会的荣誉地位，但是陷于图式重复的疲软，市场利益诱惑，名声地位的悬置，作品缺少思想的深度、精神的纯度、语言的力度，或浮皮蹭痒，或故弄玄虚，游离而单薄、空洞而苍白，他照样不是学院派；话又说回来，如果一个人没受过"学院"训练，但他有着敏锐的感知、清醒的思考、准确的表达、生动的呈现，按学院派的情感来、脉络走，并过滤其陈腐的惯性的理念、筛选其纯正的扎实的技艺，关注艺术规律，关注技法演绎，不但有"学"，而且有"识"，那他就是学院派，起码这也是一种角色扮演与置换的方式。我想，这样理解"学院派"可能会更宽泛更从容一点。

济：您说的这是广义上的学院派。

李：对，学院派的提法，我们不能只在文字上较真。一个"脱离了低级趣味"的人，一个"有益于人民"的人，在"学院"之外照样能够画得很"高尚"、很"纯粹"，画得很有"学院范儿"。学院派——我更主张它是一种绘画状态，更是一种文化身份。否则不是"夜郎自大"就是"杞人忧天"。

济：如今的"学院派"理念，其实包容性是很强的。

李：的确，对学院派本身也应该有多元的、多角度、多方位的诠释。学院派既有着严格苛刻、高屋建瓴的一面，也有宽松舒展、兼容并取的一面。这也是学院派自身的优势。现如今，学院里很多老师同学也受社会价值取向和审美品位的影响，既敏于时代的变迁，又能从自我的生存体验出发，自然而然融入很多鲜活的独特的表述方式和视觉经验，如文人画人格修养、民间艺术的素颜无华、现代绘画的张扬狂野……这样一来学院派不是被分解了、支离了，不伦不类了，相反，学院派在此美术生态下，得到一种嫁接，一种充实。学院不是封闭的真空，应该把一些优秀的有益的东西都包容进来。尤其是中国画，它有着明确的文化背景，纯正的品评标准，很多东西在学院里是很难培育灌输出来的，要靠长期的文化积淀，要靠不懈的经验积累，包括品格塑造、精神追求……要有"大学院派"的理念。

只要品质、品行、品位端正，精准有效地将自己的技能取向、图式经验在合理的和谐的合道的范畴内真情表达，不管你是"身在曹营"，还是"朝秦暮楚"——画好是硬道理。我经常给学生举乒乓名将王皓的例子，他的直拍横打不是"学院派"，野路子，但他赢球了，别人再怎么讲？中国人讲究"胜者王侯败者寇"。另外，比如当前所谓的"新工笔画""后文人画"，一些70后、80后画家，他们注重一些微体验、微叙事、微表达的东西，他们自身的艺术追求和创作不再局限于教育背景下扎实的技能功底，更多的是彰显传统积淀下的创新精神。把自己的心态心境坦然地自觉地完美地表现出来，这是学院派的生机所在，生命所在。

济：结合您自身的艺术发展谈一谈吧。您最初主攻人物画，在业内很有影响，为什么后来转向山水画了？

李：先声明，画山水我是"玩票"。在山艺上学，我是1981级的。2011年，同窗30年，大伙在一起办了个展览，前言中写了这样一段话：

此展是一次超越"图式表述"与"文脉传承"的展览，是一次由同窗友谊的延续而引申出的艺术探求的展示与整合，是一次"集体回望"与"现状记忆"的梳理。此展集中展示出孙笑运、韩菊声、马麟春、李济民、李勇、蔡玉水在当今文化语境下的精神轨迹与情感诉求，并通过个性鲜明的图式经验、自然而然的技法描绘的展示，诠释出六位艺术家从"精神与品格""虚拟与真实""材料与实验"……多角度地直面人文关怀与现实状态的绘画理念。执着的探求不仅使他们的个人艺术进入了新高度，对当今中国画发展也具有实践的启示意义，同时折射出当今水墨艺术发展的谱系与历程。毋庸置疑，这是向"学院派"的致敬。

的确，那会儿是标准的学院派教学，同学们摽着劲儿练素描、练速写，"齐不齐一铲泥"，生怕一不留神被人说成"业余"的。还是那会儿，似乎还有这样一种"潜规则"，所谓造型好、基本功好的，都攻人物画。那些"构图不稳""造型不准"的，"游山玩水""风花雪月"的，无奈只有选择花鸟、山水画了。当然，现在回过头看这种现象和想法是很幼稚、很滑稽的。其实花鸟、山水画蕴含的东西更多，"寥寥以写江山"，在笔墨游戏间将个人情怀、人生哲理表现得淋漓尽致、惟妙惟肖。而人物画画到一定程度后，只有"独立苍茫自咏诗"了，很难呈现那种"天人合一""物我两忘"的境界。我以前画人物画时，山水只是作为画中的背景、气氛衬托，后来人物慢慢地被虚化、被淡化，没有了五官，没有了形象，人越画越小了，反而成为景物间的一个符号，所以，一些朋友开玩笑说我是越画越"不要脸"了。我想，这大抵是"寄情山水"的后果吧，"有道无心"——这也正反映了我当下的一种绘画心态。如此"欲盖弥彰"，是否因循学院派的绘画状态？符合学院派的文化身份？借此采访梳理一下，也好给自己站站队、归归类，"背靠大树好乘凉"，"不用扬鞭自奋蹄"——将错就错，正着歪打，免得日后焦虑和尴尬。

2013 - 6 - 5 /《济南时报》采访于济南李勇工作室

水墨跟帖

……哈哈，那我就接着海波的话往下说了。刚才说到我借他的《运河英豪》（刘进安绘，第六届全国美展获奖作品）至今未还，一点不假。1987年，我在美院进修，时不时地把《运河英豪》摆在桌子上，琢磨，临摹……爱不释手啊。后来，记得是一个画油画的老师借去复印，再后来我就不记得了，看得出来那本小人书在当时的影响之大。

这几年，一直关注着"水墨品质""水墨延伸"的研究和走势，刘进安老师注入现代语汇，融入当下经验，将水墨画研究推至一个新的临界点和制高点，在当今画界可谓"执牛耳者"，大家都眼巴巴瞅着哪——这叫"有目共睹"。

去年夏天，和徐恩存老师等西昌办展，后去泸沽湖。路上，汉东说起要参加刘进安教授主持的"现代水墨研究院"，洗心革面，"蓄发还俗"，"现代"一把。我当时心想：你胆儿也忒大了，靠谱吗？王汉东——咱们山艺的学生，大家都熟。以他的习性，他的做派，他的经历，下此决心是要担很大风险、舍弃很多东西、吃一番苦脱一层皮的。这不只是颠覆一下以往生存法则、绘画习性的事，更多的是要"关机重启"，重新洗牌，重新编辑自己的"世界观"和"方法论"。当然，这也足以见得刘进安老师的人格魅力和画格魅力，足以验证"现代水墨"的包容、多元以及其正确走势和广阔前景。

　　说到这里，我倒想起了前些年朋友讲的一个故事，也算是"人生感悟"吧。张德刚——志民、海波他们同学。当年画界一大仙儿，现在北京漂着，善"鼓动"。他讲的大体意思是：有这么一面高墙，墙根儿立着一排梯子，高高低低，长短不同。一群人蜂拥而至，摸着梯子就爬，生怕落人后。这就像当初我们选择专业，选择画种，选择艺术风格，选择发展方向……一腔热血，两眼发光，有几分盲目，生猛。其中有人才智聪颖，身手敏捷，自然也就领先一步，高人一节。可到头来发现自己攀爬的是副很短的梯子，爬来爬去也就这么高，压根儿达不到自己"离天三尺三"的理想高度。霍然间，你就会怀疑自己当初的选择，懊悔自己当初的"年幼无知"，"随波逐流"。至此，大脑灵光点的就会定定神，左顾右看，选定一个高一点的梯子横跨过去。似猿猴般的跳跃，需要的是足够的胆识、过硬的技巧和良好的心态。一不留神，就会跌将下去——后果很严重。愚钝点的呢，往往会采取谨慎保守的态度，顺梯而下，脚踏实地后沿墙根儿溜达，看准后咬牙发誓，"而今迈步从头越"。如此这般，也不失为一种好的路数。只要你有足够的信念、足够的体力、足够的年龄……何愁"高处不胜寒"。

　　朋友那会儿语重心长，是忽悠我练"元极功"，什么"绘事小技""修身大道"，今天借题发挥，将错就错用在说画拉理上，我想，也有它一定的道理。回过头再来说汉东，"横空出世"也好，"立地成佛"也罢，都是"把一""搂底"的好牌，左右逢源旱涝保收啊，汉东不傻……哈哈。

　　今天，刘进安老师带领众多70后、80后弟子在山艺办展，多角度、全方位地展示工作室在水墨领域的探求和实践，水域深，墨色广，活动本身就是对"现代水墨"充盈和延伸的最好诠释，有展览为证——画间正道也沧桑。

　　说到这，同学们不要只看到刘进安老师独领风骚，簇新创造，站在梯子顶端，高高在上，风光无限。他的才情、他的艰辛、他的信念、他的执着，"仁者见仁，智者见智"，大家要用心品味，侧目学来。话又说回来，毕竟你们年轻，只要决心下定，胸怀高度，脚踏实梯，步步高升，不同高度，不同视角，不同景色，一路下来，沿途观风景也是件很惬意的事儿。"树大招风"，梯子高了也招人，愿刘进安教授"现代水墨"的梯子上英才辈出，欢声笑语。

　　"首师水墨——刘进安教授工作室教学成果展"学术研讨会上的发言

　　2011 - 5 - 4 / 于山东艺术学院美术馆

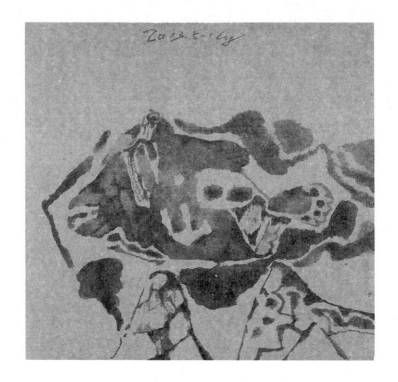

《浮生鱼》之一 / 35×35cm·纸本彩墨·2013

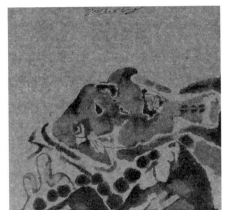

《浮生鱼》之二
35×35cm·纸本彩墨·2013

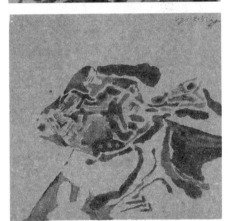

《浮生鱼》之三
35×35cm·纸本彩墨·2013

《浮生鱼》之四
35×35cm·纸本彩墨·2013

俗也可耐

久违了，"雅俗共赏"。我琢磨着如此这般地暧昧乖巧，原本为左右逢源、八方献媚的路数。"雅"分儒雅，典雅，文雅，清雅……露竹韶乐；"俗"有庸俗，媚俗，艳俗，恶俗……钗头花荫。如果费工费心，生搬硬套地把原本"井水""河水"搅成一"潭"，泾渭不分，到头来势必落得个清浊不明，甘苦难辨，非驴非马，不伦不类境地——两头不落好，事与愿违的。既如此，索性来它个"大雅""大俗"垂求其一，名正言顺，真货实价，岂不明了。

那日，下厂加工壁画，坊间几个女工直夸画作画得"好看"。试着问个究竟，大姑娘小媳妇们面面相觑，掩嘴嘻嘻"好看就是好看"，弄得我心里直发毛。勇在圈子里日夜兼程摸爬滚打了多年，时至今日，反倒看不准自己的脚蹚在哪片水域。大抵于现实之间的疏离感中掺杂着几许无奈和恍惚，既往咎之也没有用了。有趣的是，雅也戚戚，俗也汲汲，只谓之多多许，少少许，于是乎，应天顺人，自欺式地安抚自欺，还是那句老话——常在河边走，哪能不湿鞋。

2007 - 7 - 26 / 于抱朴山房

三伏天

伏天，读《红楼》，第四十二回，有薛宝钗与惜春谈画大观园景致的一段话，是这样子的：这园子却是像画儿一般，山石树木，楼阁房屋，远近疏密，也不多，也不少，恰恰的是这样。你若照样儿往纸上一画，是必不能讨好的。这要看纸的地步远近，该多该少，分主分宾，该添的要添，该藏该减的要藏要减，该漏的要漏，这一起了稿子，再端详斟酌，方成一幅图样。时过境迁，那些"剪不断，理还乱"的"文本"与"主义"，兼容与抵牾，经小女子伶牙俐齿，轻描淡写地这么一说，真真切切，明明白白，以至于自己往日美妙遐想的，昔日赞而叹之的，今日渐渐变为半信半疑或干脆疑之的。一时间，风吹细雨，云漏疏星——入清凉境。

2013 - 8 - 11 / 于慈云山房

手逐心愿

"一人射箭，先画一只鸟来射，未中；把鸟画大，仍未中；就先射箭，后画鸟，果然百发百中。"这是朱新建坐地搓脚式的自我消解，让人唏嘘过后品味再三。

细想起来，在当下文明转型、文明塌陷的日子里，人们每每在内心欲望的"百发百中"里自我陶醉。这也难怪，社会很消遣，大众很任性，务实未必依赖求真，圆满并非建树公德。"有的放矢"实为罕见，"歪打正着"亦属不易。到这会儿，"指哪儿打哪儿"和"打哪儿指哪儿"也只残留一点字面上的矫情和拿捏，表面上充满着诱惑和悬念，看上去就令人生疑。没准儿哪一天，你憋足气，提紧裆，挺胸收腹，单腿点地，目不斜视，满弓搭箭，射出"百步穿杨""一箭双雕"的箭法，路人惊诧疑惑过后，随口大抵也只是附和一句"哈哈，还真让这小子给蒙上了"，转头来，保不齐那主儿一脸的坏笑。

记得，当年鲁迅曾经说过"世上本无路，走的人多了也便成了路"。这话启迪、裹挟或推搡着新旧社会几茬子人，可以想象：人们步履蹒跚，披荆斩棘，逢山开路，遇水搭桥，硬生生地蹚出一条"扬鞭催马"，或者是"不用扬鞭自奋蹄"的"金光大道"。于是乎，"长鞭哎那么一甩啪啪地响"，你追我赶，前呼后拥，共赴前程。嬉闹过后，仔细一想，眼前原本是坦坦荡荡，一马平川，干吗非要人为地刻意地费力劳神呕心沥血前赴后继地跺出一条人头攒动、摩肩接踵、足迹叠加、车辙纵横的路来。"我自爱我的野草，但我憎恨这以野草作装饰的地面"，眼瞅着一条条杂草荒芜、目眩头晕的心路历程，鲁迅老先生也曾这样纠结叫喊过。保不齐哪一天你信马由缰，无拘无束，撒丫子一通猛跑要更自然更本色更畅快一些。"其实先驱者本是容易变成绊脚石的"，于是乎，老人家在普世大众对他的抚摸追寻中，"掀髯喝喝大笑……把一阕一阕所要唱的歌唱过……这个人新的寂寞或原有的寂寞，仍然粘上心来"（《沈从文识鲁迅》）——优雅的离间。

曾几何时，勇在贺年卡上也画过一只标志性"行走的大鸟"，步履坚实，埋头向前，并配以"成绩不大年年有，步子虽慢天天走"的贺词，自嘲，自勉，自慰，自觉……今日，回过头看，似乎保持着一种"今日"自省的态度和适度的距离，又多多少少添加了些自省，自量，自如，自命……我想，既然都走到这份儿上了，索性就再"走两步"，家里有画心不慌，磨刀不误砍柴工，大道本多歧，由它去吧。话虽如此，暌违多年，自己对自己的"两把刷子"还真掂量不出轻重了，原本自然顺畅、稀松平常的状态，只因拿不准是先画鸟还是先射箭，扎堆起哄架秧子还是情到深处人孤独，不经意间平添了许多人为的纠结、拧巴与抵牾——唤起思量，待不思量，怎不思量？

左描描，右画画，纸上清名，万古磨难，索性还是滤清了小我的心愿，心且横，手尚软，光天化日众目睽睽下写意精神，喜得画作《走马草原》《又见桃花》……

闲滋味

很多事情，往往出人意料，难以在自我掌控之中。譬如：记忆、梦呓、膨胀、虚幻、郁闷、无奈……顺其自然也不过是你我的托词而已，并非本意。

那些年，市面上流传"学好数、理、化，不如有个好爸爸""练胳臂练腿儿不如练嘴儿"……小伙伴们个顶个的不正眼看人，不正经说话，"自上而下看左传书往右翻，坐南朝北吃西瓜皮往东扔"，"杀鸡给猴看，结果是猴子学会了杀鸡"……时尚吗？那叫一个"侥幸"。

一眨眼的工夫，满大街年轻人左手一只鸡（BB机），右手一只鸭（大哥大），无限风光。大街小巷，时常见到骑着单车打手机的主儿。单手扶把，仰望蓝天，此情此景倒使我想起钱老先生《围城》中镶了大金牙中英文混杂高谈阔论口无遮拦的讽刺，一时间，借句济南老话儿来形容——"爷们儿一张嘴，吹得满地起浮土"。如此这般武装到牙齿，大抵是担心辜负甚至于糟蹋了现代通信工具的性能和价值，那叫一个"演道"。回想起来，那会儿还真生怕哥们儿极目又远望，高瞻着远瞩着的瞬间，一不留神栽进脚下缺了井盖的下水道里，少上颗门牙，漏风撒气，没把门的，"zh、ch、sh"音发不准，反倒给旁人落下个"只吃屎"的笑柄——"秫米"了吧。

几年下来，正所谓时光荏苒，哥几个开始琢磨着谈道、论艺、品茗，把盏、对弈、抚琴，朝观气象、暮浴松风，深更半夜也曾有"书能下酒，云可赠人"的豪情，"千江有水千江月，万里无云万里天"，"场面"啊。只是勇生性愚钝，于时尚风气总是迟上半拍，难合辙韵。虽宅心和厚，阐微抉幽，却音讯闭塞，耳目失心，害得朋友们呼着喊着与勇联系不上。过后难免借题发挥，全无掩饰道："你也太干净了！"起于无作，兴于自然，好语孬话勇厚颜权当褒扬，打心里认准了干干净净总比龌龌龊龊来得体面。听君此言，勇着实"滋润"了好一段日子。

不知这算不算时尚，"文革"记忆中，有学大人们书写大字报的场景，开篇总是那么几句："四海翻腾云水怒，五洲震荡风雷急""春风杨柳万千条，六亿神州尽舜尧""沉舟侧畔千帆过，病树前头万木春"。今非昔比，时下，四海翻腾的是商业大潮，五洲震荡的是信息革命；春风杨柳在六亿神州岂止为万千条——绿色环保，长城内外大江南北遍地舜尧——人人是上帝。朋友们"千帆过""万木春"，你追我赶共赴前程——一派繁忙景象。定神细想倒是觉得自己这般举止只恐落得"沉舟""病树"的尴尬，艰难横行于市上。两袖清风倒也罢了，无官无职；脚不踏实地未免有几分洁癖之嫌——"矫情"得很。

一不做、二不休，与时俱进，迎头赶上，一口气置办齐了：数码相机、移动硬盘、蓝牙手机、个人信箱、网上博客、艺术网站……应有尽有且装备精良。如此这般谁再夸勇"麻利"，我和谁急。的确，高新技术、信息产业，着实给晨钟暮鼓、优哉游哉的华夏民族以全新、快捷的人文感受。

此时此刻不妨也把自己修理得整整齐齐、无瑕无疵、煞有介事、道貌岸然地晾晒于光天化日之下，昭然过市，少了几分自矜自羞，多了几分自诩自勉——"尔立"。说白了，只不过是"乏味之人"（勇有此印）一种自娱自乐的游戏罢了。

现代的人们已深度呼吸了污浊的空气，听之任之了嘈杂的叫卖，貌似深邃，实则冷漠，精神恍惚、无所归属。在如此畸形繁荣的大好形势里，"影子正不怕人斜"。个个目光炯炯，精神焕发，使出吃奶的劲儿，自个儿把自个儿折腾得热血沸腾，惶惶不可终日。而单纯、浪漫、不谙世事的人，保护好自己的天然和直觉，实属不易，更需找出一种姿态和方式来呼吸、行走。其存在的特殊意义和价值，大体只余有"乱云不收，残霞妆就，一片洞庭秋"，"万物静观皆自得，四时佳兴与人同"的风景品质。话说到这份儿上，"物换不如人世有"，有图章佐证："白日有梦""觉来识是梦""有梦者事竟成"……

"天若有情天亦老，闲着无聊也沧桑""春风大雅能容物，秋后蚊子不叮人"，勇，接着睡吧……

2007 - 4 - 12

《清凉境》之一、之二 / 35×35cm · 纸本彩墨 · 2013

《清凉境》之三 / 35×35cm · 纸本彩墨 · 2013

《清凉境》之四 / 35×35cm · 纸本彩墨 · 2013

禅心无痕

好听的都说得差不多了，我参加过很多座谈会，第一次写所谓的"提纲"，你们讲过的我都画掉，好话都没得说了。

大家的发言有一共性，第一句话都是"我和李波是好朋友"，足以见得李老师的人缘。我也套套近乎，我和李波都姓李，很多乱七八糟的画集、《名人大辞典》上名字老是挨着，缘分啊。以前只是见画，凭印象以为我们差不多年纪，实际上差20多岁哪。

跟挚友李波先生，私下里聊得很多，聊得很投缘，多是些家长里短、吃喝拉撒，闲聊中潜移默化透出他的生活态度、人生理念——李波有大智慧。

这次展览前，李老师让给起个题目，我脑子转了很多，转来转去还是觉得"花木禅心"比较好，比较适合李老师当下的绘画心态，这是当年周绍华给李老师写的文章的一个标题。第一，这就是李老师的一个品牌，一个符号。再一个，我很喜欢"禅心"两个字，"禅心"很能代表李老师的生存、绘画状态。刚才很多老师从他的为人风格、艺术风格讲了很多。我觉得李老师更大的风格是他有一种平常心。大家可能上升到一种理论高度，高屋建瓴。笔墨也好，构成也好，我觉得这些在李老师作画的过程中是很寻常、很自然的东西。他把绘画融入日常生活，很随意，很随性，很自觉，很自然，特别的融洽，特别的和谐。不是很刻意的，憋着劲追求很多远离生活云里雾里的东西。这倒使我联想起前几天茅盾文学奖颁奖，后来有人采访写《一句顶一万句》的那个刘震云，他很认真地说："评奖那天我在街上买菜，我考虑买西红柿还是茄子，考虑中午做西红柿打卤面还是茄子打卤面，因为西红柿的价格比茄子的价格要贵。就在这会儿出版商给我打来电话，说刘震云老师你已经获茅盾文学奖了，我立马决定买西红柿，买贵的吃……"日常中李老师也是如此，每天量血压，测血糖，血压血糖的高低和他每天的生活质量、作品质量有着密切的关联，活得在意，画得也很讲究。正是这种生活体味、人生感悟，成就了李波老师的绘画品性。把很神圣的、崇高的、曲高和寡、伸手跷脚够不到的东西，自自然然地融入并体现在生活的微不足道之中，很多人是做不到的，起码我没做到。包括刚才我吃饭的时候谈到的省里搞"重大题材"，"以画载道""以文载道"累死人了，大家把素日里刚刚修炼的一点点平常心、欢喜心、无为心、清净心又淡化了，泯灭了。无形中不知不觉地把我们的绘画理念拉回了好几年，不能说退回到"文革绘画"，退回到"主题先行"，退回到"红光亮"，起码也是"五十步笑百步"。我觉得这个东西就像是历史上的农民起义，对朝代的更迭，江山易主有一定的推进作用。但对生产力的发展、文化的传承、人性的延续有着极大阻隔湮灭作用。今天，我们看李老师的花鸟画就不会有这样的顾虑，满目清新，荡人心肺。

　　刚才谈到李老师的平常心也好，刘振云的幽默感也罢，我想说明的是不存在什么"专家""大师"，不存在什么所谓"事业"。一个人能把生活中琐碎的事干得有条有理，他就是"专家"；能把琐碎的事干得津津乐道、有滋有味，花团锦簇，灯火辉煌，很有成就感，他就是"大师"，这种琐碎的事李老师经常干。大家觉得李老师个把月画了几十张画，很是吃惊，很是震撼。在别人眼里似乎这是个很大的工程，很大的事业。但是，对李老师来说易如反掌，稀松平常。这得益于他的生活态度，处事理念和绘画习性。他把在别人看来呕心沥血、苦思冥想的事情当作日常功课来做，所以他的画作"兴于自然，起于无为，取舍由心，感激而成"。

我记得李老师给我刻过一方印叫"不可一日无欢喜"，我很喜欢那个词儿。后来李老师又刻了一方，编在自己的篆刻集里，足以见得他对此的钟爱。之前，很多人祝贺李老师身体健康，祝贺他艺术生命之树常青，就是不可一日无欢喜，就是大家每天高高兴兴、欢声笑语。

刚才很多老师说到李老师的艺术成就，我就不再重复了。三天前我跟李老师私下里吃饭，他稍喝了点酒，突然问我："你说我的画以后该往哪儿发展？"借着酒力壮胆我说了几点，那是我们的"私密"、在这就不多说了。我想说明的是李老师这种孜孜以求、不耻下问的精神。我也自问，自己喝点酒，能问比自己小20岁的人这样的问题吗？我做不到。这就是虚荣心，脸面儿上挂不住，即便如此，别人也觉得很虚夸，假模假样，瘆得慌，可能觉得你在"点化"他呢。可李老师是很真诚的，这得益于他对绘画的自信、自觉、自勉。

1998年，李老师在省美术馆办画展，约我为他翻拍作品。那会儿是用胶卷，拍成后同行们加洗了很多，一时间，有李老师的作品照片似乎成为一种时尚，广为流传。那段日子，朋友们经常到植物园聚会，有一次海波无意中说出这样一个现象，"哎，你看那花、那鸟像李老师笔下的吧？"这就是说明李老师把生活中的东西、自然中的东西高度提炼概括了、升华了，据为己有。似乎不是他笔下的花鸟在描摹自然，而是自然的物种在向他的"符号"看齐，按照他的意志生长。这是李老师画作的独到之处和魅力所在。这就是"取舍由心"，这就是"物我两忘"。有这个本事的还有一个人，那就是刘文西，他画陕北，把陕北人的形象概念化、理想化了，很传神，很神似。后来我到陕北几次，冥冥中觉得陕北的父老乡亲都是按照刘文西的画长的。这就是艺术的魅力所在，这就是艺术的精神高度。由此可见，李老师把艺术高度提炼、高度概括、高度浓缩之后形成了自己的"李家样"。当然笔墨锤炼、技法提升也是"水涨船高"的。精神达到一定的高度以后，整个大自然都是他的了，整个世界都是他的了，我想，这就是所谓的"以心接物"，这就是所谓的"天人合一"吧。

座谈会后，大家不妨按我的提示去观察一下，是否有"天作之合"，是否有"异曲同工"。既然如此的话，李老师的绘画精神，李老师的绘画成就，岂止在这个小小的展厅，岂止在大家的品头论足之中。达此境界，大家会无意识、下意识、潜意识地认识到什么是"入境无语"，什么是"花木禅心"。"江山看惯新诗少，世味尝深感慨多"，到那会儿，漫山遍野到处都是李老师的画作——那个境界不得了，那个展厅不得了。

我就讲这些。

"花木禅心——李波花鸟画展"研讨会上的发言

2011·9·11／济南舜耕国际会所

《辛丑・惊蛰——胶济铁路的创建》 / 250 × 350cm・纸本彩墨・2013

火车计划

画《辛丑·惊蛰——胶济铁路的创建》所想到的

一

丑话在先，这次毅然决然、无所顾忌地选择"胶济铁路的创建"这个历史题材的创作选题，就是摽着"画火车"来的。这似乎也圆了我多年来的一个梦，少年时的计划是这样的：先画火车，再画飞机，然后画军舰。

对我来说，那会儿，最喜欢画的是火车。巨大沉重的车轮、繁杂错综的蒸汽机、交织纵横的管线……尤其是刹车时发出的金属撞击声和喷吐的白色烟气，心里一激灵，眼前清晰闪过影片《列宁在十月》中，瓦西里护送伟大的无产阶级革命导师列宁潜回莫斯科领导武装暴动，建立苏维埃政权，在站台上机警脱险的经典片段，对少年的我，有着无尽的诱惑和幻想，令人兴奋。懵懵懂懂地感觉到这个庞大的物体有故事、有画头，有着那么多不同一般的东西。我想，大抵这就是日后所说的"心理景观"和"视觉经验"吧。

记忆中，第一次"画火车"应是在经武汉、长沙回广西"走姥姥家"的火车上——伟大的祖国，山川锦绣，物产丰饶，南疆播种，北国打场，行驶在希望的田野上，丝毫没有遮蔽我对火车的情有独钟，飞奔向前。那个年代，车很慢，站站停，有意无意间为我"画火车"提供了许多体验。眼睛睁得很大，很动情，直勾勾地望过去，细数着、默记着车头上的每一个齿轮和螺丝……伴随着火车的轰鸣和车厢的震荡，一本正经、煞有介事地在父亲的鼓励及周围乘客的啧啧赞许声中，照葫芦画瓢，涂画出南来的北往的、东倒的西歪的各类蒸汽机车，满满一本子。紧接着，挂牌编号，车名多是"东方红001号""太阳升002号"……如果没记错的话，那一年我还不用买车票。

接下来的日子，我的身体一直在晃动，仿佛心在颤抖，好长一段时间在课桌上写字画画还真有点不习惯了……

二

按常理，谈到胶济铁路自然绕不开也抹不去对济南老火车站的记忆。但真正引起人们关注和解读，应是车站标志性的德国钟楼建筑（原为津浦铁路济南站，1930年并为胶济铁路）被拆后济南民众迟到的无奈、遗憾乃至愤慨。现在回头看照片，那一切仿佛属于"解放前"，仿佛古代，仿佛前世……仿佛有一种时空错位的误会。

20世纪70年代末，站前广场、候车大厅是那些"酷爱绘画""向往艺术"的少年们展示自我、实现浪漫幻觉和艺术狂想的"江湖"。那会儿我已接受"专业训练"，开始画素描、速写，画火车的事慢慢就淡忘了。隔三岔五，三三两两，身不由己，混迹其中。一式的行头，一式的做派，悸动不安，神清气爽，只是在"前辈"面前屏气凝神，有意回避着掩饰着"画火车"的喜悦和冲动，生怕少年迷离的腔调引起"同行们"苛刻的目光和不屑的神态。身处其境，我似乎感觉到那乌烟瘴气、丑态百出的候车大厅，俨然就是一个绘画矫情、绘画博弈、绘画布道的"游乐场"，——尤其到了深夜。

不知为什么，这空间使得我等少年中邪似的感受到表达的愉悦，轻松自如地进入自我设置的场景，与画中的人物一起嬉闹一起欣赏，鬼使神差。"各路英雄均有很多高招"，"老东门儿的""英雄山的"，八方仙圣怀揣着伦勃朗、门采尔，默念着德加、莫迪利阿尼，自以为是，心照不宣地各自忙碌着手里的活计，乐此不疲，妙趣横生。只是，时不时有身影神神秘秘地从你画前经过，冷不丁地丢下几句不疼不痒的话——"走形了""画腻了"，算是打招呼吧。抬头望去，不远处，隐约看见那主儿背影上散落着精心摆布的油彩……不管怎样，在那盲目崇拜、灵魂失衡的年代，如此绝妙的异样的心灵疏离、精神栖息之地，无疑是少年们梦起飞的地方。

午夜时分，当窗外的火车呼啸着、振荡着有节奏地驶过时，我的心和手还会不由自主地随着颤抖起来，这很神奇。

三

接下来的事件依然与记忆有关，绵延而深长……

这"历史的车轮"与一段中华民族的屈辱、奋发史及工业文明的植入所产生的碰撞、冲突和调适有着千丝万缕的关联，而这"关联"不是别的，正是因为年代足够久远以及历史变迁所赋予、所附加的意义而变得情深意切。如何将此事件真实地艺术地再现？进一步说，如何以现代人的视角重新加以审视和诠释？"这是内容与形式的一次冲突，一次交织，并在这个过程中呈现出新的、很强的张力。当然，这其中也充满了撕裂的痛苦，一种破碎组合中的无奈与窘迫"（张炜《出走与归来》）。常识与记忆告诉我，所谓"历史题材"绘画：有历史痕迹的采集；有现实碎片的整合；有梦象诡谲的释解；有图式经验的逆袭……叩问历史，挪用历史，反思历史，毋庸讳言，正是我绘制《辛丑·惊蛰——胶济铁路的创建》在当下的情感因袭和记忆沉淀。

资料显示：

胶济铁路是我省历史上修建的第一条铁路，也是中国近代史上最早的铁路之一，距今已有100多年。作为近代先进的交通设施，它见证了山东经济、社会的发展，对近代山东社会转型产生了重要影响。

1897年，德国以"巨野教案"为借口，逼迫清政府签订了不平等的《胶澳租界条约》，据此取得了在山东的筑路权。

1901年4月8日，胶济铁路青岛至胶州段通车。

1904年6月1日，胶济铁路全线通车。

……

我认为，绘画应是一种精神，一种状态，一种方法论……面对《胶济铁路的创建》如此庞杂宏大的叙事结构，琐碎支离的表达体验……感受自然是有的。设想以历史事件依据和现实表述态度为基点，极力抓住一种本质，寻找一种方法，探求材质语言与技术符号相匹配的绘画风格，解决那些复杂的精神感受及绘画状态的纠葛。从而不断地成全自己的艺术。

画面提示：

1. 致敬十三、十四世纪欧洲宗教绘画，画面呈现神圣感、崇高感。

2. 保留一定的戏剧性和舞台感。

3. 以最单纯的形象传达人的心灵感受，从而尽可能去掉绘画叙事的那一面。

4. 避免以往历史画隐喻、晦暗的表现模式，一幡儿"鸿禧云集"，一幡儿"胶澳吉祥"。

5. 命题既为"创建"，"众生相"理应以胶济铁路首发时的青岛火车站为背景。定格事件，还原真相……且不可"感情用事"（改掉草图中济南老火车站德国钟楼建筑）。

6. "大清黄龙旗"——一段历史的标识，一个时代的符号……

多年以来养成的绘画敏感和职业习惯，不时地提醒自己，此番"工程"，时间长，任务重，责任大，意义广。心存犹疑，任意恣性，殚精竭虑地追求情感的宣泄和酣畅淋漓的表达欲求和力量，都是不能持久、不切实际的。面对虚假的宏大，虚说会生成无序的奇思妙想，实则会导向精神的猥琐、焦虑、不安，时不时地会使出吃奶的劲儿，折腾得自个儿热血沸腾，神情恍惚，飘飘然不可终日。长此以往，会在不知不觉中挤压你的本能，折伤你自己的艺术——那就傻帽儿了。只有按部就班，井井有条，打鱼、晒网，当和尚、撞钟一项不能少；同时，过滤掉生活的杂念，筛选出纯正的意味，并放置在属于自己的现实空间和精神空间中。别无他顾，别无所想，一笔一笔，享受过程。至此，你会感觉到纸面上好多双眼睛在盯着你，喃喃自语，一时间，画中的人物变成了观众。

作画提示：

1. 保持室内空气清新和个人卫生。

2. 端正作画姿势，每阶段工作时间不得超过两小时。

3. 定时定量，不得随意扩大或不足每天计划的绘制范围，尽量做到"一次达标"，减少无谓的重复和修改。

4. 每天"拜阿司匹林肠溶片"一粒，"维生素C"两粒，"钙尔奇"三粒（配维D，晒太阳）。

5. 画前端详半小时以后，方可动笔，时时保持画面的新鲜感和敏感性。

6. 睡觉前回眸"大作"，泡脚，然后好梦一夜游。

四

人一旦有了志向，附骥于梦，总能无中生有地找出一些做下去的理由，生活如此，画画也是如此。

2013 - 8 / 于青年东路工作室

《辛丑·惊蛰——胶济铁路的创建》草图之一 / 20 x 30cm·纸本钢笔·2013

《辛丑·惊蛰——胶济铁路的创建》草图之二 / 45×50cm·纸本钢笔·2013

《辛丑·惊蛰——胶济铁路的创建》草图之三 / 45x 50cm·纸本彩墨·2013

《辛丑·惊蛰——胶济铁路的创建》局部之一 / 60×90cm·纸本彩墨·2013
《辛丑·惊蛰——胶济铁路的创建》局部之二 / 60×70cm·纸本彩墨·2013

《辛丑·惊蛰——胶济铁路的创建》局部之三 / 60 x 70cm·纸本彩墨·2013
《辛丑·惊蛰——胶济铁路的创建》局部之四 / 60 x 90cm·纸本彩墨·2013

往事并非如烟

　　双休日，从犄角旮旯翻腾出《张仪潮出行图》，高1米，长6米，横陈于室，画面浩浩荡荡，厅堂满满当当，颇为壮观。上下打量，左右端详，闭门自喜，使劲回想着当年（1983）在敦煌莫高窟临画的场景，搜索内心，似乎窘迫和偏执已起了萌芽，身后猛不丁传来一个声音——"好汉不提当年勇"。勇吗？当今画坛，动辄《千里江山》《万里海疆》，一溜小跑着看，气喘吁吁，说轻些是愚陋，说重些是狂妄。遥想当年的当年，画工蜷缩于窟（此画紧贴地面，似墙围状，很不显眼），一支笔、一盏灯、一钵盂……一颗虔诚的心。是啊，往事像烟，无影无形，一份远逝的怀旧殇情，一份久违的孤处样式……欣喜之余也权当向岁月"致敬"吧。

2013 - 10 - 26 / 于慈云山房

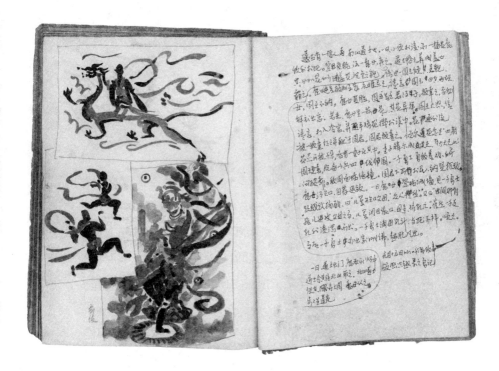

翻腾出多年前在莫高窟屏息凝神、诚惶诚恐的"现场感受"，那份神妙，净化，崇奉，膜拜般涌了出来，"妙法莲花""大慈如来""维摩诘经""大般涅槃"……迎面而来，心领神会，一片金光闪闪。潦潦草草，素素淡淡，毕竟是三十四年前的记忆痕迹了，然而，透到底依旧是朝圣般的虔诚，虔诚般的朝圣。而如今，用句跳出佛门的话来说——"向毛主席保证"

《莫高窟壁画》手稿之一 / 40×30cm・纸本水彩・1983

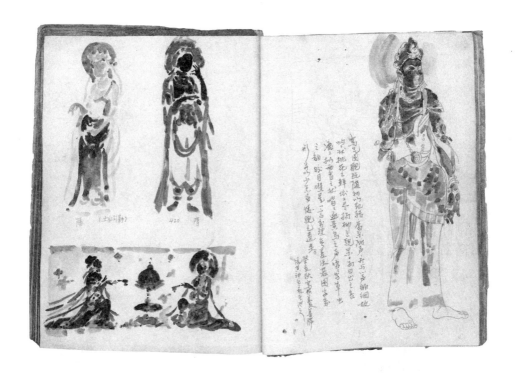

《莫高窟壁画》手稿之二 / 40×30cm・纸本水彩・1983

　　家里有画心不慌，只有躲进自家"一亩三分"的画室里，方才有一种
"双手遮天""心境若莲"的满足和自在

无地自爱

　　前些日子搬画室，在犄角旮旯里拾掇出一卷旧纸，尘土污垢，水浸虫蚀，残缺不全，恍若隔世。细细端详，喜不自禁——这原本是当年"大作"的草图、手稿。原汁原味，原汤原食，心血中的心血。"大作"进展馆，上殿堂，风风光光，披金挂银，招摇一时。"小稿"则匿角落，染尘埃，蝇蝇苟苟，蓬头垢面，昏昏然暗无天日。——一时间从情感上还真转不过弯来。

　　我猜想，顺藤可摸瓜，瓜熟蒂自落，没错。反过来又想，根深才蒂固，枝繁方叶茂，也对。再细想想，那些争艳斗媚、搔首弄姿的花朵，也不过是些光天化日之下擦脂抹粉、挤眉弄眼的颜面。怎能比那枝枝蔓蔓，根根本本生长得自然舒展，平实茁壮。——一时间心里平和了许多。

　　今天，贴上几件，一来让"小稿"见见阳光，给个名分。再者借故也好晒晒自我内心底处最本色、最鲜活、最自觉、最真实的"心灵图景"。——这大抵才是我心中无法承受之轻的承受。

《阳光百姓》草图 / 20 x 30cm・纸本水彩・2002

《日全食·俑》草图 / 20 x 20cm · 纸本水彩 · 2001

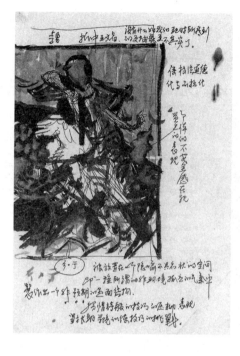

《彳》草图 / 20 x 30cm · 纸本水彩 · 2016

《草船》草图 / 20 x 30cm · 纸本水彩 · 2016

《阳河·阳图》草图 / 20 x 30cm·纸本水彩·1997

《古典影子》草图 / 20 x 30cm·纸本水彩·1997

结婚致辞

今天，我们结婚了，在美丽的巴厘岛。这里碧海蓝天，这里椰风蕉林，这里云影舒淡，这里涛声委婉……在这里，空气清爽温润，教堂神秘庄严，面朝大海，正是春天。

这样的选择，不仅是一场"梦幻而浪漫"的婚礼，更是一次心灵的教化和人生态度的体验。身临其境，会陡生一种幻觉，一种远离尘世的幻觉，一种天人合一的幻觉。

在这里，你会信奉神灵，在这里，你会相信因缘，这神灵明晰而真实，这因缘平淡而执着。这最清明最透彻的因缘，来自冥冥之中，来自天作之合，来自执着的坚守，来自淡定的守望。在这里，这因缘转瞬会化作龙凤呈祥，化作旷世姻缘。老话说得好，"千年修得同船渡，万年修得共枕眠"。在这里，半脱尘缘半人间，半入洞房半成仙；在这里，情到深处可犯贱，抱得美人不狂癫；在这里，任潮起潮落自得其乐，看花开花谢期盼明天——这是爱情的力量。

问世间情为何物？情是欢喜心，如云在天空；情是无为心，如溪向大海；情更是平常心，食看云起，饮看云落，酸甜苦辣不上火；朝听晨钟，夕听暮鼓，荒郊野外不失眠，清茶淡饭不失优雅；陋室寒窑依旧风流。相思相守，荣华富贵不乐极；互敬互爱，历经险阻不生悲。且爱且珍惜，且活且珍重，用一世的爱实现今天的期盼，用一生的情践行今天的诺言。

今天，我们结婚了。

蓝点教堂结婚典礼仪式自撰　2014 - 5 - 4 / 印尼巴厘岛

《甲午·惊梦》草图 / 20 x 30cm·纸本水彩·2013

《甲午·惊梦》/ 200 x 220cm·纸本彩墨·2013

远行与回归

——画家李勇访谈录

A=《爱尚生活》 / Y=李勇

A：你的作品多以传统文化为题材，绘画语言非常现代，且有哲学意味。请谈谈你在探索中国画新语言过程中的一些体会。

Y：我偏爱传统、古典的东西，长期的涉猎和熟知，自然不会放过传统的滋养和模范。我有本画册叫《古典影子》，"古典影子"无形中成为我的一个符号及表达自我审美意图的风格基础。"古典"，把我的文化取向和认识事物的角度定下来了，因为我对传统的东西有一种敬畏感。在山东，那种根深蒂固、潜移默化的传统观念，和画家对现实的介入方法、态度是分不开的。"古典影子"这个词本意就带点虚拟性、荒谬性，很多人叫"古典情结""古典情怀"。我很喜欢黑泽明，他的《影子武士》影响了几代电影人，日本版的《李尔王》，是大师向大师致敬的经典范例。加了"影子"二字以后，有点荒诞、调侃的意味，似乎对传统做了一番"手脚"，杂糅、错构，将自己心中一种纠缠不清的顽固不化的传统图景、传统因素重新摆列、重新布光，形成自己的视觉秩序和心理倒影。所以说，古典和现代是相互融合、相互渗透的，笑脸相迎，躲闪不开，一不留神就撞个满怀。除非你有意识地"下狠手"，手起刀落地割裂开来，那就有点生猛了、生硬了。只要是文化人办的事，这种文化脉络和气息的传承是撕扯不断的。

一个画家有传统情结是他的优势，很多人丢掉了，或者只是拿老祖宗的玩意儿当当幌子，招摇过市。当然这个依附也不是刻意地、人为地把它体现出来，它是渗出来的，作品中自然流露出来的。

有些年轻画家的画感觉少点根、少点底气。绘画本身作为文化的一个门类，它总是体现着画家对事物不同角度的认识，我的这种认识会很自然地体现在我的作品中。达到这种自然的状态，画画才不累，会更加得心应手，观众看了才赏心悦目，这样也就能吸引着知音，召唤着朋友。

A：你有一个展览名叫"出走与归来"，请谈谈对"出走与归来"的理解。

Y："出走与归来"，那是早些年张炜给我写的文章的题目，写得相当好，高屋建瓴，用现在的话来说叫很"到位"。他的文章实际上预示着或预制着我现在的状态——就是"出走与归来"。就是我对传统文化若即若离，又割舍不断的状态。出走，往外走，有一种突围和挣脱的状态；归来，感觉传统文化也是一种束缚、一种禁锢；胶着着、编织着，可是稍微走远点，又觉得自己滋养困乏，迷失了很多，又归来。出出走走，归归来来……不断循环，不断的往复，每次出走归来后都有一定的收获。如果我能做到一个自省的态度、一个适度的距离，逐步升华地出走归来的话，我的画还能有所突破。记得文章的结尾是这样写的："我面对李勇的画作的喜悦在于：他不仅在出走，而且还在归来。新世纪的中国绘画艺术，有可能是属于归来者的。"——大抵这就是我的宿命。

A：那你还要继续不停地出走与归来。

Y：我最近又画一组画叫《秋郊浴马——致敬赵孟頫》，同理，也是向经典致敬，只是姿态不同而已。西方绘画里有很多向经典致敬的作品，尤其是当代艺术，它表达得很直接，单刀直入，不像中国传统文化兜那么一大圈，遮遮掩掩，半推半就地把一种心意表达出来。我当年画的《古典影子》系列，也是向经典致敬，我把《步辇图》《游春图》重新梳理、重新整合，用传统的关照方式来思考现代绘画，变成自己的图式语言表现出来，在传统与时尚之间，做个"自由人"。

我当时在技法上不停地推敲、锤炼，把对技法的控制加进去，有点像兵马俑的感觉。题材借鉴也好、抄袭也好（抄袭也不丢人），作品名字我都没改，就叫《步辇图》《游春图》，大家一看都明白。我跟学生说，《步辇图》你们也可以再画，你们画的可能是卡通风格，也可能是数字风格，如何表现都不犯规。大家对经典的认识和当下社会的状态总有契合点，谁能把它抓住，谁就能把它合理、完美地表现出来，谁就赢了。

我的一些画册、展览标题就叫"出走与归来"，我觉得挺好。有些人表面上看风风火火，走得很远，但实际上他们压根儿就在传统里泡着，或者说是兜圈子，只是借鉴传统表面上的一些图式、符号，落入知识的陷阱。即使他走得再远也和传统没关系，更不存在归来了。

A：你的绘画语言很现代，在你寻找绘画语言的过程中，有没有受到西方艺术的影响？

Ｙ：那是肯定的。早先我看过很多德国新表现主义的版画、油画，受到过一些他们的影响。我也临摹过范宽的作品，画了以后老觉得欠点什么，总感觉它和这个时代不搭调，显得有些陈腐，有些灰暗。有些人专门研究古人的作品，也能走得很好。再就是像朱新建那种调侃的、嬉闹的、"不正经"文人画，也能高开高走，每个人的境遇是不一样的。我受的是院校教育，营养比较丰富，在中央美院进修时，正赶上1985年、1986年美术思潮最活跃的时候，你就是站在那里原地不动，也会有很多东西往你身上砸，躲都躲不开。如何选择和你的身份、文化修养相吻合的，你能消化得了、能控制住的，而且和你接触的传统教育能对应起来的营养，对个人而言是很重要的。

Ａ："85新潮"对你个人的影响还是蛮大的。

Ｙ：对。1983年，我们班去敦煌考察写生，现在我作品里的色彩、构成关系和对社会的认知，带点佛家、道家很虚无的那种视角，多是来自于敦煌。那时我才二十几岁，坐火车去很辛苦，学校每人补助200块钱。那会儿，洞里面还能进去画画，我们住了半个月，大家临了很多东西。当时同学们都很用功，摽着劲儿画，我重点临了《张仪潮出行图》，一米宽六米长，很是壮观，现在想起来都有点"后怕"。敦煌艺术渗透到我的思维里，对我日后的绘画有潜移默化的影响。敦煌最完美的地方是它的残缺，它色彩的剥剥落落，才有那种沧桑感，但给人的感觉是很浪漫的、缥缈的，是岁月成全了敦煌。现在再去敦煌只能看十几个窟，壁画都罩着玻璃罩，不让在那儿临摹了，带学生去只能是走马观花，听听"佛本生故事"，看看"维摩诘经变"，有点隔空对话的感觉，生分得很。

A：请谈谈你对笔墨的理解。

Y：我理解的笔墨是一种抽象和空灵的大笔墨，不是具体哪一笔哪一画，不是小笔墨。

赵无极的画面笔墨意韵，我认为比吴冠中把握得好。你仔细看看他那种混混沌沌的感觉，对传统文化理解得更深一些，就是我刚才讲的大笔墨。它也包括写意精神，不是寥寥数笔画抽象了就是写意，应该是一种大意境的写照。不是谁喝大了酒胡乱狂扫几笔，那是行为上的大写意，更多的应该是知识架构上的大写意。墨韵是无形的，说一个人笔墨效果好，那是技法层面，往更深层说，指他有写意精神。不但写意画有写意精神，工笔画也有写意精神。我学中国画以后，美术学院的训练是很严格的，老师们手头功夫都很好，这是技法层面的，可是再往上怎么走，笔墨怎么延伸，那各人有各人不同的方法和渠道。"各路英雄均有很多高招"，再沉积一个阶段，大家又转回到同一个点上，碰撞后总会发生些共鸣。

A：还是"出走与归来"。

Y：有的人讲究渐变，有的人讲究蜕变。我觉得这两种方式都能达到很高的境界。每个人的行为方式和行为准则不一样，只要大家能自己心安理得或者能自圆其说，把握好了，就可以。

A：再回到关于你的作品，从《甜蜜的城》到《东风破》，你创作了很多系列，像《大慈悲》系列，《日全食》系列。

Y：最早创作的是《甜蜜的城》系列。

A：那就谈谈这些作品的创作过程。

Y：《甜蜜的城》是我早期比较典型的工笔画。那组画以皖南的建筑为背景，穿插着各个朝代的小女子，稍微带点舞台感、戏剧性，有点拿捏。表现的是皖南那种白墙黑瓦、阴郁湿润的感觉，很幽静，很闲适，反映了我当时的人文思考和绘画理解。我很少画现实题材，《甜蜜的城》是一种超现实的，有点浪漫现实主义色彩的作品。画面中的小女子在生活中有，舞台上更多，但我画的是六个一排走、四个一排走，这就带点超现实或者是浪漫现实主义的味道。后来我作品的风格更趋向于荒诞性，虚无的成分多了，也是我这几年的心路历程吧。

《古典影子》系列往下延伸，就是《大慈悲》系列。"烟云供养""归于无极"……有点"神道"，有点"入魔"。

A：用你独特的视角去表达。

Y：这几年的创作中，我觉得《东风破》还行，这是我参加第十一届全国美展的作品。传统的创作思路是主题先行，就是找一个题材、一些生活片断或一个场景，再把你的技法、构图糅进去，各种食材、各种佐料，文火慢炖，激火出锅。我创作《东风破》时恰恰是反着走，倒行逆施。那时我喜欢周杰伦的《东风破》，我觉得歌词很好，所以就想画一幅作品叫《东风破》。一般是先生了孩子后起名字，这幅画还不知是男是女，我就叫它《东风破》了。

A：当代歌坛有一种唱法叫中国风，以周杰伦、许嵩为代表，他们把传统意象用当代语言唱出来，很好听。

Y：而且还有文化，朗朗上口，沁人心扉。

A：当代的孩子都能接受，小孩能接受"断桥残雪"这个意象，他可能不知道宋词，但是周杰伦唱了、许嵩唱了，他就喜欢。

Y：这首歌的前后我不太会唱，就是那一句"谁在用琵琶弹奏一曲东风破"，带劲，特有质感，无形中感染到我，莫名其妙。后来我查了查苏轼有首词叫《东风破》，台湾有部电影也叫《东风破》……那一年，我从碛口过黄河，对黄河的滔滔气势很有感触，黄河也是一种文化暗示、文化指向，所以作品的背景符号就选定了黄河。当时有个戏班子在黄河边正在吊嗓子、伸胳臂压腿，等着渡河"走穴"，他唱的可能不是京剧，可能是秦腔或老腔，扯着脖子瞪着眼，吼两嗓子，画面有几分悲壮，几分凄惨。

A：说起中国画，我常想起昆曲，白先勇做了一件伟大的事情，做青春版《牡丹亭》，让青春女孩去演少女，不再用像梅兰芳那种男旦或是一群老人来演少女，首先让青年观众能接受。现在很多小孩为了看漂亮女孩，一定要看看昆曲。她们可能没有老前辈表达的老辣，但和我们的时代更贴近了，那种优美的服饰、婉转的歌喉更具典雅的韵味。我觉得中国画缺少的是青春版。

Y：白先勇的《牡丹亭》挺好，扮相俊朗，唱腔宛转，但这个分寸挺难拿捏，说到底还是出走与归来。你走到什么程度、回到什么程度，是很矛盾、很纠结的事。你走远了，不伦不类。我看过一出所谓现代版京剧的《草船借箭》，像大片的感觉，声、光、电一起上，热闹大了。

A：味道没了。

Y：没拿捏好。他想很刻意地、很人为地讨人喜欢，向"时尚"献媚，跑偏了。

A：你何以走进传统然后重新发现它，让它焕发生命力，而不是简单地去重复它、复制它、保护它？你的绘画里还体现出和我们杂志相近的倾向——一种寻根意识。中国传统文化对你不仅是一种符号，也是你向内里的一种找寻，包括《诗经》《古典影子》《步辇图》《东风破》都是向东方语境靠近的作品，还有后来画的《雁》。

Y：那幅作品叫《雁过无声》。

A：你直接把鸟的骨骼和内里表达出来了，它体现了生与死的永恒主题。生命就是一堆白骨的支撑。你融在轮回之中，又有大量的符号在画面里，它非常丰厚，又非常灵动。

Y：作品中鸟的骨骼、爪子和翎毛都有宋画的感觉，三矾九染，工序繁复，传统的那点好东西扔不掉，也不能扔，否则你画的基点就支撑不起来，就会索然无味。

A：为什么你作品的气韵一看就对？是因为很多元素是宋画里的。

Y：我们那个年代受到的技法训练，传统文化灌输也好，熏陶也罢，功夫总是没白下的，它会潜移默化地渗进你的骨子里，不一定什么时候就显现出来了。因此，作品才不显得那么单薄，这也是文化的搭桥，技艺的支架，才能让你的画自自然然、原原本本地回到绘画语言本身。

A：你的生活很散淡。

Y：可以算是"无作为"吧。我画上常用四方印："无为心""清静心""寻常心""欢喜心"，日久生情，入戏太深。

A：你很享受这种"不作为"，你沉浸在某种符号、某种文化里，然后慢慢地让时光流走，能够把自己的世俗生活、志趣调整到你喜爱的节奏，像你这种类型的画家在当代也是少的。

Y：时事繁杂，难得"半日闲"，今天下午还有一个座谈会谈中国画的发展和走势，牛×吹大了。

A：命题太大。

Y：第一是命题太大，第二是这个话题不能空谈，有的人一谈"大道理"，就"上纲上线"，贬低技法、回避技法，我觉得只有技法到位了，才能把你的文脉支撑起来，说到底，绘画还是个手艺活，不能只是"武装到牙齿"，"行家一出手，便知有没有"，老辈儿上早看明白了。

A：技法相当于文学的语言，一个语言不好的人，他能写好文章吗？现代哲学讲，我们这个世界是语言构成的世界，我们每个人都是被语言塑造的。这把椅子不叫椅子，你不知道它叫什么，你何以去传播、何以去表达呢？我们不仅创造了语言，也被语言本身所控制。中国画的传承就是靠语言。

Y：技法本身有美感、有质感，这和你对应的文化认识也是相互渗透，你中有我、我中有你的。技法提升也离不开文化的提升。

A：庖丁解牛，令人如闻丝竹之声。

Y：画家要回到绘画的本体上来，大家往往赋予绘画那么多功能和效力，既要急功又要近利。其实它没那么多功效，说白了，这种偏颇反映在对知识的盲目和狭窄的理解，自我丧失了绘画天赋与绘画本能。你画一条鱼就是一条鱼，翻眼、鼓鳃、扎猛子打挺都无所谓，要好看，要"栩栩如生"。

A：尤其在这个多元化的时代，人接受教化的途径很多。过去，绘画承载了很多宣传、教化的作用，其实通过绘画可以达到一种精神的圆满，让你的生活变得更有味道、更有价值。绘画首先是要拯救绘画者自身，而不是先出去拯救别人。现在很多画家连自身还没拯救就去拯救别人了。

Y：有人说，重大题材只有四五十岁的画家能画，再年轻的画家可能画不了。杞人忧天，"听书看戏，替古人担忧"，年轻画家可能从我们这个角度、这种表现形式上画不了，但他们可以换个方式、换个角度去画，"车到山前必有路"嘛。

A：傅抱石画的《唐明皇入蜀》不比古人画得差，反而非常好。

Y：要借助当下的认识，否则就是空谈，离开了当下，是拔不起高度来的。

A：傅抱石要是过着你的生活，他肯定不那么画，什么样的时代养成什么样的人。现在的画坛风气是什么？过分强调某一权威的引领作用，你达不到黄宾虹的修养，你去学他说话也学不好，邯郸学步回来反而不会走路了。

Y：面对大师的作品，只有"致敬"，可以向他们问路，切不可"按图索骥"。第一不要学，第二你也学不来，因为你的境遇、境界达不到。我常跟学生说，大师的作品你不明白怎么回事就拿笔临，硬临，"抽筋扒皮"地临。不能说大师有什么缺陷，只能说我们自身修养不够，是我们的眼界、心界达不到，和他们对不上话。像倪瓒、石涛、八大、黄宾虹，现代人也只能"致敬"了。

A：只能是图解，非常表面的图解。

Y：有的人学黄宾虹，把黄宾虹不好的东西学出来了。我记得有一个画家办了个展览，展了一大批学黄宾虹的画，几乎是一个图形、一个模式。黄宾虹的画是有变化的，墨里有墨，笔下有笔，不在这个画的表面上，你反过来研究都没用。我真没见过这么笨的。

A：这和喝酒一样，喝酒的姿势、举杯的方法、把它灌下嘴的形式，你学这些没用，你要先觉得酒香，你懂酒，这杯酒下去才能体会到它的内在之美。如果你不爱酒，完全就是学那个做派。

我们从《诗经》以及中国古代的经典里找营养，把它表达出来，一定是要具有当代性的。如果再用古人的图像去表达是有问题的，这个时代本身是个错乱的、时空倒置的时代，用速度消解了空间距离，用不断的重现、不断的信息挤压你，事实上我们处在了一个不同的图像空间和语境里。古人的生活是线性的，你骑匹马骑一年到下一个地方，你是一个没有时空交错的、是一个单纯的空间，而我们当代的生活已经完全不是这个概念了。我倒觉得你是真诚面对这个时代的画家，没有用古汉语来表达感受，努力用这个时代的语言来表达，而且优美、有感情，让自己能够沉浸其中。

Y：有人学黄宾虹，再往后可能学朱新建，朱新建也学不来，他的智慧和幽默是从肠子肚子里生发出来的，"古希腊的哲人相信灵魂是不死的，据说经过教育可以知道前世的情形。没有人教育我，我也不知道自己是水牛变的还是南瓜变的，但我可以想想来世。来世我愿意做一台手扶拖拉机，插队的时候村里有一个健壮、快乐的女孩子，让她来开我，我一定不亦快哉"。画如其人，不信都不行。再就是瞎子阿炳也是个很散淡、很荒唐的人，可他一曲《二泉映月》，成就了西湖，也成就了二胡。现在，每到"黄金周"，断桥上人挤人、人挨人，人们谈着许仙，谈着白娘子，哼着什么"法海、法海、你不懂爱，雷峰塔要倒下来"，就很少想想当年那个疯疯癫癫，蓬头垢面的流浪艺人。你再看看刘文西，常年在陕北转悠，画了大量的写生，笔下的"毛主席"，又像又漂亮还很传神。那年我们从敦煌返回时，到西安拜访过他，老先生亲自一张张拿着给我们看他的写生稿，决不许我们插手，这份对自己"心血"的爱护和惜恋，我们现场的理解是：这每一张都要出版的。这可不是一般的画家能做得到的——"祖师爷赏饭"啊。

A：听说你家里新添了一个小生命，你是个特喜欢孩子的人，这无形中会影响到你的生活状态。

Y：现在我回到家就要"关机重启"，要"童心未泯"，不经意地学了很多儿歌。

A：你都会唱？

Y：她听我就跟着听，耳濡目染，不会也会了，什么"白龙马蹄朝西，驮着唐三藏跟着仨徒弟"……

A：唱着唱着就会了。

Y：一个画家日常形态和他的思维方式、行为准则，表面上貌似反差很大，其实骨子里还是扭结、拧巴在一起的。道貌不易岸然更难，演不来的，没办法，按朋友的话来说："当爸爸了就该有个爷爷样。"

A：画画和写作离世俗生活很远，有人问，你的孩子是否对你的绘画有影响，实际上生活是一回事，画画是另一回事。

Y：孩子会影响我的作息习惯、饮食习惯，暂时还影响不到我的绘画……她刚一岁半。哈哈。

画室是一个令人焦虑和着魔的地方……至今我也不识其中的"愁滋味"

2016年在印度泰姬陵

头顶一方天

　　每次看到王盛华三个手指尖拈着细细的毛笔，一米八几的个头躬在低低的案子上潜心作画时，视觉和心理上便会生出一种莫名其妙的委屈感。闭上眼推算着哪朝哪代他祖上定涌现过过关斩将的英雄或揭竿而起的好汉。看着那灵性的笔锋在宣纸上勾、勒、点、染，那些与疆场无干的《秋塘双鹭》《汀芦游鸭》赫然纸上时，你方觉出他的确是位画家。

　　盛华的生活很是平淡，静室独居，闭门而思，倒是养出些自自然然的东西。他埋头作画，逸品三千，却极少在大众场合展示。偶或在济南最冷或最热的日子里，约下二三个好友，备得四五盏薄酒，不计什么缘由，大伙儿任着性子喝，漫无边际聊。到这会儿他才飘飘然像托出盘精细小菜一般，将作品呈将出来，任朋友评论品哑。褒也罢，贬也罢，盛华淡淡地笑着，一副事不关己的样子。画面时而"静观云雾"，时而"玄白冲虚"，清灵简约，散散淡淡，冥冥中渗透着画家内心的好恶和人生体味，一下子令人真纯起来。

　　盛华多年来做美术编辑，结识了许多画家朋友，把他们的画作结集成册，发扬光大。文章尔雅，宅心和厚，而他自己却置身圈外冷静地关注着这方"净土"。俨然一位端坐梨园细听《惠禅师三度小桃红》的王生，戏台上一招一式，一腔一句，他都观得仔细，听得明白，兴奋之处大喝一声，接下来便轻声附和，以手击节。长此以往，到是少了些听书看戏替古人担忧的烦心，却也轻松自在。盛华挑剔的目光、尖刻的审视常常使得我等艺术信徒自觉不自觉地产生一分羞怯感，谈论起艺术话题来细声细气，郑重其事，生怕一不留神招来哄场。无奈，也只有憋足了劲，借着酒力叫一声好的份儿了。

去年春上，盛华远赴德国、法国展览、讲学归来，依然旧时的装束，依然平平和和地笑着，只是画面上生出印象派的色彩及笔韵，多了些随意和轻松，飘飘洒洒。不难看出，他正不避难为地运用传统文化的底蕴，在东西方文化艺术的融汇中寻找生机和契点，在花与鸟的世界里摸索提纯着自己的感受和语言，读书为己，探赜洞微。把原本为文人把玩的花鸟画画得自由、崇高了许多。在低低的桌案上，他依然把高高的腰身躬着，用笔极慢，似乎把全部的生命都注入笔端，去营造属于自己的那方天 。

1995 - 10 / 于乐水斋

此地有银

掐指算算，我和丽华应是"大班""小班"的辈分，1979级称大班，1981级为小班（1980年山艺国画专业未招生），约定俗成，论资排辈，"一格一格降人才"。那会儿，山艺金贵，国画专业加起来也就二十几个学生，抬头不见低头见，整天厮混在一起。日子久了，也就没"大"没"小"的啦，像一个班一样。以至于多少年后，圈子里外压根儿分不出高低，胡乱一个编排，附和一笑，我等也就顺势长辈分儿了。

还是那会儿，"小班"的有事没事地就往"大班"跑，闲扯瞎逛，云里雾里，其实眉目间端详着，揣摩着，算计着学长们的习性和画理。丽华悟性好，手艺硬，见识广，自然也就成为我等重点关注的人物。丽华先研陈老莲的《水浒叶子》，后摹方增先的《艳阳天插图》，口口声声还念叨着莫兰迪，德库宁，南调北腔，东张西望，左右逢源，上下通畅。且亦步亦趋，惟妙惟肖，得意得形，真假相宜。

画画的，扯来扯去还得扯到画上，如果我没记错的话，丽华大三时画了一幅画，叫《照天烧》，拟浙派人物画笔意，颇得要术，画的是一群农会成员火烧地主老财牌匾、地契的场面，"收拾金瓯一片，分田分地真忙"，画面红火，气势威严，笔墨厚道，大化之境。说来纳闷，那画始终没在公共场合亮过相。日后，道听"权威人士"途说：画面构图有问题，把劳动人民置于熊熊烈火上方，烟熏火燎，有玩火自焚的暗示……大忌啊。令人唏嘘，令人扼腕……事已至此，不知丽华是否揪心，反正我是替他委屈了。

没过几天，丽华又悄悄地透露出他的另外一个构思——《坚壁清野》。

又过几天，他完成了《瑞雪》——这可是我们"大小班"中第一幅全国美展获奖，同时又被中国美术馆收藏的作品，一时间，满头的光环。

……

丽华一路走来，步履轻盈，姿态端正，面貌不求异而自异，气象不求新而自新，高开低走，避虚就实，试图用一种生活的基础、自然的流露、及时的捕捉、平易的表达，触摸记忆，反刍经验，出手就有指向，看得出，他现在已经可以"打哪儿指哪儿"了。

《烁烁其华——张丽华画集》寄语　2012 - 9 - 23 / 于慈云山房

优哉胜军　游哉胜军

　　一溜小跑赶制完《飞行日记》，在全省庆祝建国五十周年大展上拿了个二等奖后，胜军似乎又悠闲了下来。东走走，西逛逛，登高、望远、会朋友，面带三分笑，就连走着路都自己给自己拉呱："坐月子的娘们儿真舒坦。"顺产后的安详和愉悦瞬时弥漫在那张看似与艺术不共戴天的脸上。接下来，依旧画他钟爱的老虎、大泽野丘、茂林陋石。画到筋疲力尽时，又漫不经心地插科打诨，吞云吐雾，在朋友中间营造出一份休闲和宽松，让人活生生笑出泪来。

　　胜军姓刘，质朴、随和、诙谐，娓娓不倦，喜形于色。刘公好虎，稍假虎威。勇前几日造访，开门见山，如入虎穴，案头四壁，虎视眈眈。刘公赤膊阵前，左右开弓，或成山林，或成丘壑，置虎其中，妙不可言，好一派身入虎穴先得虎子后挟虎母的阵势。画中老虎憨厚乖巧，笑容可掬，骨子里透着几分俏皮——画如其人嘛。古人有"照猫画虎"之说，胜军则不然，对着镜子，横眉竖眼，咧嘴龇牙，似与画中大虫谈天说地，暗送秋波，和睦相处，相敬如宾，大概是想让笔下的百兽之王多沾上几分人气。我琢磨着，有朝一日，虎跃纸外，个个也定是嬉皮笑脸，妙语连珠的主儿。士别三日，胜军又养出一拨足斤足两、自自然然的种。每有神助，便得意忘形，与虎共舞，好一派升平景象。接下来打印为证"不怕牛"，如此这般数落初生虎仔，刘公自有他的道理。

《诗经·小雅·采菽》中云：优哉游哉，亦是戾矣。有很长一段日子，世人们几乎远离了这份清淡，在过多的嘈杂喧闹中，或蚁利蜗名，或蝇营狗苟，似乎没有时间和理由松散一下自己的筋骨。在心理与现实对应产生错位之后，失落、不适、无奈时时又泄露出来，一拨参透了万丈红尘的主大抵又觉得"淡泊名利"比"不求上进"更暗合膨胀身心疲惫后的舒适状态。于是乎，平日里新朋旧友聚到一处，酒足饭饱，沐浴着秋阳，满怀希望地又读起了《容斋随笔》《豆棚闲话》之类的杂书，事不关己地研研"四王"，拜拜"八大"，煞有介事地立一点规矩，讲一点板眼——好不惬意。装模作样也好，沽名钓誉也罢，读书识字总不是什么坏事。更何况我等自诩"知识层""文化人"，总得做出一副"几句杜陵诗，一幅王维画"的雅态吧。

听书看戏，谈诗论画，我总习惯关注那些瑕瑜相间的东西，从中窥视出笔者的心象画迹和潜移默化，就像吃一口青青的橘子，是甜，是酸，总是能让人回味一番，远比那些香案上锃光耀眼、色香撩人的"供品"要来得鲜活水灵。素日里，胜军自责"口笨""手拙"，常愧画不如人，一脸的谦逊好学状，手不时地上下搓动着，好像随时随地要把别人的活计套路拿将过去，实己筋骨，畅己经脉——看上去就令人生疑。俗话说得好："身正不怕影子斜。"偷艺不算偷，越偷胆越大。胜军拈毫、捣墨、炼句、工书，明辨外色，暗长内功。一点浩然气，千里快哉风。道技两进，天籁自鸣，就连醉梦中也常念念有词："二十天后又是一条好汉。"呵呵！广陵一曲，画猫画虎亦英雄。

越画越开心

姜超，哥们儿，与勇二十年的交情。

姜超，长我五岁，按履历表上填写的"自幼酷爱艺术"推算，自然也就比我多画了几年。

姜超心平，在圈子里摸爬滚打了近二十年，丝毫没有动过"当大师"的念头，谦谦恭恭，羸羸弱弱。在"大师"林立的夹缝里，平淡地经营着自己的人生理念，活得放松，画得也很开心。

早些年，青春少年样样红，"人有多大胆，画有多大产"。几个好友撮在一起画连环画，画插图。斗室一两间，朋友三五人，拉着天上地下的呱，听着云里雾里的歌，冬连着春，春连着夏，歇马不歇鞍，昏天黑地地画。心指望"太阳下山明早依旧爬上来"。——只是太匆匆。姜超就是其中一"猛爷"。我记得他多是为大众闲适文学作一些市井题材的插图，人物原形大多又是从身边朋友中信手拈来，"取短补长"，将错就错，往死里糟蹋——好生痛快。眼瞅着众家兄弟欲愤不忍、欲笑又止的表情，姜超五脏六腑里透着得意。说白了，都是些给点阳光就灿烂的主，那段日子没少罚他用稿费请客。

接下来，画画的事变得越来越纷乱无序，似是而非，满大街上哭着喊着"新观念""新思潮"，似乎在为世纪末的中国绘画艺术"招魂"。正因太多无谓的消耗，不当的游散，绘画疲乏了——我们的眼睛，我们的心需要休息一会儿，需要在藕花深处与深闺丽人间稍作徜徉。"风流人去几千秋，两行金钱柳，依旧缆扁舟"，不知何时，姜超悄悄地将自己置换于"莺莺燕燕春春，花花柳柳真真，事事风风韵韵，娇娇嫩嫩，停停当当人人"的画境。"宫、商、角、徵、羽""青、黄、赤、白、黑"抑扬顿挫，浓淡干湿地研习起古韵、古色。"曹衣出水""吴带当风"；《点绛唇》《满庭芳》，绘声绘色、有板有眼。素日里的扮相也超世脱俗，布衣布鞋，一身短打扮，说起话来嗫声屏气，愈发地谦和温雅。笔下女子云淡风轻，粉绿如烟，个个出落得娴静而风雅，清纯而冷艳。"遮一半香腮，露一半香腮"，"思一段离怀，织一段离怀"，虚灵中露着凄凉，孤寂间不失欢愉。——令人怜有几分、爱有几分。"姜还是老的辣"，姜超老谋深算，撇下众家于艺术的水深火热中的兄弟，清茶素食，蛰居静思，将自己深藏在美妙的幽境里，晴午、夏日、良宵，独自乘风凉。

姜超气和，姑且不论俗身惶惶修得"身清净故心清净，心清净故身清静"，昏昏达到"美人养心""自在随缘"的境地。"清心不寡欲"也好，"清欲不寡心"也罢，他所葆有的春秋梦幻，冬夏真情，妍不伤雅、雅不失妍，鲜活而平实，以及那份快乐乃至享乐的心情——是啊，我们都该有一点哪怕是短暂快乐的心情，只有这样，才能越画越开心。

2000 肇春时节于济南

大写的玉琦

那日里，应下给玉琦写点什么，脱口就出这个标题，朋友们随声附和，吆喝着帮衬着，一时间云里雾里，生怕落得个"七步成章"的嫌疑。过后的几天，为维护这点"脸面"，着实费了一番思量。斗胆画地，命题为牢，到头来把自个儿折腾得热血沸腾。可话又说回来了，谁让我们是朋友哪。

八三年，单应桂先生为扶正民间艺术，率先在艺术学院办起了年画专业。全省统招，明媒正娶，总共才收了四五名弟子，其中就有玉琦。玉琦临朐人士，距杨家埠不远，有着得天独厚的地域优势和乡土情结。似乎机会更多的钟情于那些精神上的敏感者和孤行者，只见得他整日里刻板填色，什么《燃灯道人》《沈万三捕鱼》，在这片水域里，一埋头就是四年。这期间，正值美术界风起云涌，思潮泛滥，凭白无故地令人生出很多虚无的幻觉和莫名的冲动。似乎玉琦并没有过于留恋那些精神上虚张，线版、色版，严丝合缝；套红、套绿，按部就班，生生地把那般土得掉渣的"玩意儿"推向崇高，推向神圣，与立体派、达达主义那些"西洋景"同场献艺，平分秋色。过后与玉琦品茗闲聊，回想起那段日子，打心里觉得——还真是给咱祖上长了脸。

接下来，玉琦做出了一个令师友瞠目的举动，放下画笔，一转脸竟成了某著名画报的著名摄影记者。素日里，只见他在众多场合全副武装，六路眼观，八方耳听，忙忙碌碌，不可终日。看得出玉琦好人缘，上至高官名流，下至平民百姓，在他的镜头前个个"面带三分笑"，而这看似平民化的艺术互动游戏，往往使直观者与受众陷入两相的尴尬。玉琦似乎是永远地带着真实和感动，阐说着聚焦着自己的艺术视角，凭着直觉和审美上的敏锐，更得益于学院锤炼和社会磨砺，心有灵犀，所以手上的"活儿"极好。只是喧嚣散尽，人们匆匆收敛笑容，各奔东西的时候，玉琦不免有些感慨——"还得画画，那玩意儿自个说了算"——这话我信。

当人们以消解崇高的方式混迹于生活，面对现实与梦境相互交错的时候，面对美妙与凄凉、真切与虚妄纠缠在一起的时候，心气儿高的人似乎更留恋迷途状态下的一丝美好或温情。在精神恍惚间寄托着真实中难觅的单纯和浪漫，试图通过"无中生有"到"为所欲为"来摆脱羁绊心情的怅惘，从而达到一种心境的逍遥状态，这一心路，千百年前庄老夫子似乎提前领悟了一把。因此，玉琦茶余饭后，每每得意，少有谈论"本职工作"，多是将"另类"看家的绝活展示出来，"隔行如隔山"，大抵只为讨得个"两手抓，两手都硬"的欢喜。示人多为大写的花鸟，笔力挺拔，色泽恣意，毫无懦、懒、温、润之习，于那些越来越纤巧、越来越柔细的流行画风对照起来，愈发透射出早年在乡土艺术间得来的沉厚与张力。令我等"以艺术济世""用画画疗伤"之辈慎言屏息，诚惶诚恐。玉琦就是这样，从他人不经意之处漫不经心地营造出别样的境界。"画好才是硬道理"，说白了，玉琦打骨子里就是个画画的料。

对意笔花鸟，我没什么研究，"一花一世界，一叶一如来"。那些意境上的高远，笔墨间的神妙足以让我辈神定气闲，偶或看看也多是为了养养眼。偏爱青藤、八大的东西，多半掺有一些盲目，只觉得来得爽快而已。面对那些色泽暗淡、笔迹漫漶的画作，身心透凉，无边适意，心底虔诚得更像朝圣。起于无作，兴于自然，取舍由心，我琢磨着玉琦的画大抵应归此类。寥寥数笔，终无俗韵，感激而成，全无掩饰，只"留取心魂相守"。那份纯粹东方式的闲逸自足，时至今日，依然是人们心中理想的诗意和栖息之地。玉琦深谙此理，他甚至摒弃传统中那些"经典格式"，也放弃自己经验中的"先验图形"，把一个个含混偶然的物象介入画面，将兴奋点从单一冰冷、笔笔计较的状态中拯救出来，赋予它多样的生命和神韵，这大抵正是中国画家应备的学养和胆识。天地精神，造化心源，又怎一个"大写"了得。

　　写到这里，倒使我想起了前几天朋友送来的一方印章——"放下便是"。小篆白文，布局松散，刀法也很弱，只是喜欢这词儿便留了下来。词儿出何处，无从考究，说是陈师曾老先生有方同样的印（那可是给白石老人支过招的主）。附庸其说，一来，无非是为日后用在画上好有个说法；另则，借此有个由头，晴天拿得起，雨天放得下，于玉琦再次同学意气一把，激扬出点文字，也好顺理成章。玉琦心豁达，性笃正，在如此喧嚣浮躁的生存状态下，这是需要何等的至诚之心至真之情。"江山看惯新诗少，世味尝罢感慨多"，独此心境，能有什么事儿还放得不下。

2003 - 11 - 5 / 于历下

话说汉东

  勇与汉东应是"师兄""师弟"的辈分。同校、同系，同专业……只是勇早他几年"启蒙"，错过了同窗。日后，回过头看，多多少少有些遗憾，借酒遮颜，勇每每以"笨鸟先飞"自诩，一声唏嘘，脸面上渐渐泛起一抹"前辈"的安详和妥帖。

  印象中，汉东是学人物画的。兼写带工，伯年、章侯的路子，上溯宋元，下追明清，轻描淡写，喜形于色。一路走来，涉笔既古，活生生将人物的精神状态前移了几百年。何时？何故？汉东一笔偏锋，直写山林。他不说，勇无从算计。眼瞅着纸面上越描越黑，越黑越描，原本那些"栩栩如生"的影像，栩栩远去，转眼即逝，踪迹渺然。何以如此，姑不论，汉东自然有他的道理。

  我于山水画，本不该说三道四，虽明了天人合一，但毕竟只是"看山是山"，唯见山林，不见气象。大抵是因为这些年在"人物"缝隙间行走，接踵绕袖，挤眉弄眼，愈发觉得少了些"人味"。或装神弄鬼，借尸还魂；或莺歌燕舞，钗头花荫，异曲同工也好，异工同曲也罢，争着赶着向时尚献媚，生怕误读了"笔墨当随时代"，令人眼花缭乱，不可终日。日子久了，低头不见抬头也不愿见了。索性节简画面，还原本色，左右放眼，满目青山。好山好水，兴致也就随着膨胀了起来。

也好，逃遁山野，感触自然是有的，俗语说"到哪山唱哪山歌"，如此就与"山水中人"茶前饭后平白添加了许多话题。汉东平实，厚重，一口鲁中乡音，一手潍北好菜。隔三岔五约得三五个好友，备得三五罐老酒，研髡残、议渐江；从白龚到黑龚，从八大到八怪，转着圈地数落，一个也不能少。小而言之，那份古典情致的静谧自足，气定神闲，足以令今人凝神而气畅；大而言之，那份纯粹东方式的闲逸自得，澄怀观道，依然是我们心中理想的诗意和心灵栖居之地。酒对酒，话赶话，"光说不练假把式"。汉东心手相应，韵籁天生，自悬高度，逸出题外，"寥寥以写江山"。顷刻，数幅濡笔立就，前因后果，问之茫然。以勇的推测，造化天成，心源自得，汉东至此大境也就不足为怪了。

前些年，应山东美术社约稿，勇出了一本《青山无尘》的小册子，自序中有这样几句话："心游绘事，意出古今。明眼人心像虚极，造境静笃，移山植木，聚雨疏云。一朝廓清，弃成绳尺，灵心独诣，下笔自恣，胸中丘壑，笔下烟云——以技致道，道技两进，已属大能矣。"话说到这里，不为辩解什么道理，只为小小的人情世故，聊以算作是对汉东的偏爱和厚托，以壮行色，也不枉一遭"师兄""师弟"。

就人论人，就画论画，不难看出：浩大能量，就在身边——汉东大气象！

2007 - 8 - 21 / 于舜耕路慈云山房